http://www.bbulmedia.com

BBULMEDIA

http://www.bbulmedia.com

歸還糖龍

귀환당룡

1판 1쇄 찍음 2014년 3월 31일
1판 1쇄 펴냄 2014년 4월 4일

지은이 | 서유락
펴낸이 | 정 필
펴낸곳 | 도서출판 **뿔미디어**

편집장 | 이재권
기획 · 편집 | 윤영상

출판등록 | 2002년 9월 11일 (제1081-1-132호)
주소 | 경기도 부천시 원미구 상동로 117번길 49(상동) 503호 (우)420-861
전화 | (032)651-6513 / 팩스 032)651-6094
E-mail | bbulmedia@hanmail.net
홈페이지 | http://bbulmedia.com

**값 8,000원**

ISBN 979-11-7003-299-1 04810
ISBN 979-11-7003-297-7 04810 (세트)

# 歸還搪龍

2

## 귀환 당룡

서유락 신무협 장편 소설

# 목 차

1장
특별한 쟁자수

형이 맹호표국의 표두가 됐다는 소식을 들은 아버지는 입을 쩍 벌렸다.

그리고 도저히 믿기지 않는다는 표정을 지은 채 같은 질문만 반복했다.

"맹호표국의 표두가 되었다는 게 사실이냐?"

"그렇다니까요."

"꿈 꾼 게 아니고 진짜냐?"

"진짜예요."

"그럴 리가 없는데. 맹호표국의 국주가 치매에 걸리기라도 했나? 정말이냐?"

끝없이 이어질 것 같은 아버지의 질문 세례가 멈춘 것은 한껏 상기된 표정의 어머니에게서 한 소리를 듣고 나서였다.

"귀가 막혔어요? 대체 몇 번씩이나 묻는 거예요?"

"그게…… 워낙 믿기 어려운 말이라."

"무슨 소릴 하는 거예요? 당연한 일이지."

"당연한 일?"

"내가 전에 우리 순풍이의 진면목을 알아보는 사람이 금방 나타날 테니 걱정하지 말라고 그랬잖아요. 기억나요?"

"그게 기억이 나긴 하는데……."

"맹호표국의 국주에게 사람 보는 눈이 있네요. 우리 진풍이의 진면목을 단박에 알아본 것을 보니."

"내가 보기엔 사람 보는 눈이 형편없는 것 같소만."

"당신, 뭐라고 자꾸 중얼거리는 거예요? 시끄러우니까 입 좀 닫고 있어요."

아버지의 입을 닫게 만든 어머니는 오랜만에 환하게 웃으며 형의 앞으로 다가가 손을 잡았다.

"순풍아!"

"네, 어머니!"

"난 네가 기재라는 것을 진즉에 알고 있었다. 네 아버지를 비롯한 사람들이 모두 비웃을 때도 이 엄마만큼은 한 번도 의심한 적이 없었어."

"감사합니다, 어머니!"

"이 에미는 우리 순풍이가 너무 자랑스럽구나."

"이제 만족하세요?"

어머니 못지않게 형의 표정도 밝았다.

하지만 진풍은 그런 형을 안타깝게 바라보았다.

'불쌍한 우리 형!'

형은 눈치가 없는 편이었다.

그리고 오랫동안 어머니의 곁에 머물며 시달렸으면서도 어머니에 대해서 너무 몰랐다.

어머니는 욕심이 많은 편이었다.

특히 자식들에 대한 욕심만큼은 끝이 없었다.

여기서 만족할 리가 없었다.

"우리 장한 아들 순풍아!"

"네, 어머니!"

"에미는 네 그릇이 아주 크다고 믿고 있단다."

"……"

"절대 만족하지 마. 만족하는 순간 안주하는 법이니까."

"어머니?"

"다음 목표는 그냥 표두가 아니라 총표두다. 그 목표를 이루기 위해서 에미도 더욱 신경 쓰마."

어머니의 목소리가 높아지며 힘이 실릴수록, 형의 안색은 점점 창백해졌다.

진풍이 그런 형에게 안쓰러운 시선을 던지고 있을 때였다.

"진풍아!"

진풍과 어머니의 시선이 허공에서 얽혔다.

그 순간, 진풍은 본능적으로 불안감을 느꼈다.

어머니의 목소리는 다정했다.

그리고 자신을 바라보는 어머니의 눈빛에는 강한 열기가 깃들어 있었다.

"왜…… 요?"

"네 형은 이제 한숨 돌렸고, 이제 너만 남았구나."

"전 그냥…… 포기하세요."

"포기라니. 그게 무슨 말이냐? 세상에 자식을 포기하는 부모는 없다. 오늘 이 에미와 함께 갈 곳이 있다."

"어디요?"

"벽검장!"

"벽검장은 갑자기 왜요?"

"그 집 아들인 상화가 돌아온 건 알지? 그래서 벽검장에서 잔치가 열리는데 거기에 에미도 초대받았다."

왠지 불길했다.

그래서 진풍이 필사적으로 머리를 굴렸다.

"상화 어머니와 안 친하시잖아요?"

"당연히 안 친하지. 그 불여시 같은 년과는 말도 섞기 싫어."

"그럼 초대에 응하지 않으면 되겠네요."

"원래는 그러려고 했는데 생각이 바뀌었다."

"왜요?"

"왜긴 왜야? 너 때문이지."

"......"

"벽검장에서 열리는 잔치에 무림맹 청해성 지부장도 참석한다더구나. 너도 전에 본 적이 있는데. 기억하지?"

당연히 기억이 났다.

진풍의 인생에서 가장 기쁜 날이자, 가장 슬프기도 했던 그날의 기억은 마치 어제 일처럼 생생했으니까.

"무림맹 영재 발굴 대회 청해성 예선의 우승자였던 네가 돌아왔다는 걸 알려야지."

"그런다고 해서 달라질 게 있나요?"

"당연히 달라지지, 아니, 달라지게 만들어야지. 그리고 잘못된 것은 바로잡아야지."

불이라도 쏟아져 나올 것처럼 어머니의 시선은 강렬했다.

그리고 그 강렬한 시선을 확인한 순간, 진풍의 낯빛이 어두워졌다.

더 말해 봐야 소용없었다.

저런 눈빛을 보이고 있을 때의 어머니는 아무도 말릴 수 없다는 사실을 진풍은 알고 있었다.


벽검장에서 열리는 잔치의 분위기는 흥겨웠다.

어머니의 손에 이끌려 벽검장을 찾은 진풍의 손은 바빴
다.

상마다 산해진미가 차려져 있었기 때문이었다.

게다가 사람들은 뚱뚱한 진풍이 앉아 있는 상 주위에는
아예 얼씬도 하지 않았다.

덕분에 널찍한 상을 독차지한 진풍이 흡족하게 웃으며
음식을 집어 먹는 사이, 백색 무복을 갖춰 입은 추상화가
모습을 드러냈다.

"벽검장의 소장주이자 현재 무림맹 휘하 용봉단의 부단
주 식객을 맡고 있는 추상화입니다. 이렇게 반겨 주셔서 감
사합니다."

추상화가 인사를 건네자 우레와 같은 박수가 터져 나왔
다.

찰싹.

덩달아 박수를 치던 진풍은 어머니에게 손을 얻어맞았다.

"왜요?"

"넌 속도 없니? 원래 네 것이었던 자리를 빼앗은 놈에게
박수를 쳐 주게? 박수 치지 말고 여기 있어."

"또 어디 가세요?"

어머니는 대답도 해 주지 않고 어디론가 사라졌다.

다시 혼자가 된 진풍이 상 위에 놓여진 수육을 집어 먹고
있을 때, 추상화가 거만한 표정으로 말을 이었다.

"이번에 임무를 수행하기 위해 저와 함께 나선 용봉단의 동료들을 여러분들께 소개해 드리겠습니다. 우선 이분은 화산파의 일대 제자인 여건욱 소협입니다. 곁에 서 계신 분은 천도문의 소문주이신 홍대용 소협, 그리고 홍 소협의 곁에 서 있는 미남자는 바로 하북팽가의 소가주인 팽문호 소협입니다."

쟁쟁한 배경의 소유자들.

하지만 모두 시커먼 사내들이었다.

그래서 진풍은 신경 쓰지 않고 상 위에 놓인 접시들을 바닥 내고 있을 때, 추상화의 소개가 이어졌다.

"마지막으로 우리 일행의 홍일점을 소개해 드리겠습니다. 모용세가의 영애이자 숱한 강호의 청년들의 마음을 애 끓게 만들고 있는 모용수린 여협입니다!"

바쁘게 접시들을 오가던 진풍의 손이 멈추었다.

그리고 무표정한 얼굴로 서 있는 모용수린을 넋을 놓은 채 바라보던 진풍이 뭔가에 홀린 표정으로 입을 열었다.

"예쁘다!"


서문화경은 애가 탔다.

지금 추상화가 서 있는 자리, 그리고 추상화가 가진 것들은 원래 진풍이의 몫이었다.

오만한 표정을 지은 채 사람들의 환호를 즐기고 있는 추상화와 널찍한 상 앞에 혼자 앉아서 허겁지겁 음식을 집어 먹기 바쁜 진풍을 번갈아 바라보던 서문화경이 주먹을 꽉 움켜쥐었다.

'모두 되찾아올 거야. 진풍이에게 들인 공과 돈이 얼만데.'

다시 각오를 다진 서문화경이 인사를 하기 바쁜 무림맹 청해성 지부장 유성용의 앞으로 다가갔다.

"유 대협, 오랜만이에요."

"누구시더라?"

두 눈을 가늘게 뜨고 살피는 유성용을 노려보던 서문화경이 이를 악 물었다.

진짜로 기억을 못 하는 게 아니었다.

유성용은 일부러 모른 척 하고 있는 것이었다.

'지금 날 무시한다는 거지?'

예전에는 이러지 못 했었는데.

이게 다 백화장이 망했기 때문이리라.

그래서 분하고 서러운 마음이 들었지만, 서문화경은 억지로 환하게 웃으며 입을 열었다.

"어머, 기억을 못 하시는가 보네요. 백화장의 안주인인 서문화경이에요."

"백화장이라…… 전에 들어 본 듯하긴 한데."

"십 년 전, 무림맹 영재 발굴 대회 청해성 예선에서 우승했던 서진풍이란 아이의 에미입니다. 이렇게 설명하면 기억이 나시나요?"

"그게 워낙 오래전 일이라……."

유성용이 슬쩍 말끝을 흐릴 때, 그의 곁에 새침한 표정을 지은 채 앉아 있던 젊은 여자가 끼어들었다.

"기억나요."

"소령아!"

"아빠는 기억 안 나요? 비정상적으로 뚱뚱했던 애 있잖아요."

"네 말을 듣고 나니 어렴풋이 기억이 날 것도 같구나. 그래, 네 말대로 참 뚱뚱한 녀석이었지."

"이제 기억나시나 보네요. 우리 진풍이가 인상이 강렬하긴 하죠."

가볍게 받아친 서문화경이 본론을 꺼냈다.

"유 대협, 우리 아들, 진풍이가 돌아왔답니다."

"그래요?"

"그렇답니다."

"그런데 어디 갔었습니까?"

유성용의 반응을 보니 기가 막힐 지경이었다.

하지만 서문화경은 치미는 화를 꾹꾹 눌러 참고 조곤조곤 말했다.

"기억하지 못 하시나 본데 진풍이는 납치를 당했었어요.

그래서 무림맹에서 열리는 본선에는 참가하지 못 했고, 우리 진풍이를 대신해서 저기 서 있는 상화가 참가했죠."

"그런 일이 있었던가? 어쨌든 무사히 돌아왔다니 다행이군요. 그래, 지금은 뭘 하고 있습니까?"

"지금은……."

차마 쟁자수로 일하고 있다는 말을 꺼낼 수는 없는 노릇.

그래서 서문화경이 잠시 멈칫하고 있을 때, 짙은 분 향기가 콧속으로 파고들었다.

샤라락.

조소영이 치맛자락을 바닥에 끌면서 어느새 곁으로 다가와 있었다.

"제가 대신 대답해 드릴까요?"

그리고 조소영을 발견한 유성용의 반응은 자신을 대할 때와 달라도 너무 달랐다.

"조 부인을 뵙습니다."

"이렇게 초대에 응해 주셔서 감사합니다."

"당연히 와야지요. 머잖아 강호의 영웅이 될 추 소협을 만날 수 있는 기회이니까요."

"어머, 과찬에 몸 둘 바를 모르겠습니다."

"하하, 자, 너도 어서 인사 드리거라. 제 여식입니다. 아직 철이 없지만 어여삐 봐 주십시오."

"아주 미인이네요."

"어떻습니까? 잘 어울리는 한 쌍이 아닙니까?"

"호호, 저야 아주 마음에 들지만 젊은 사람들의 의사가 중요하겠지요."

서문화경을 허수아비로 만들고, 환하게 웃으며 유성용과 뼈 있는 대화를 나누던 조소영이 정색한 채 말했다.

"참, 아까 제가 대답해 드린다는 것을 깜박했네요. 서문 부인의 둘째 아들인 진풍이는 지금 쟁자수로 일하고 있답니다."

"쟁자수요?"

"용흥표국이었나? 아니, 대흥표국이라고 했었나? 기억이 가물가물하긴 한데 어쨌든 중요한 건 표두도 표사도 아닌, 쟁자수로 일하고 있다는 사실이죠."

유성용의 두 눈에 실망의 빛이 스치고 지나가는 것을 확인한 서문화경이 더 참지 못하고 조소영에게 받아쳤다.

"지금 상화가 가지고 있는 것들, 원래 진풍이의 몫이었어!"

"서문 부인, 그게 무슨 억지인가요?"

"억지? 내가 없는 말을 지어냈어? 무림맹 영재 발굴 대회 청해성 예선의 우승자는 누가 뭐래도 우리 진풍이었어. 상화는 진풍이가 납치된 덕분에 대타로 무림맹에 갔던 거잖아!"

"대타라니, 말이 너무 심하시네요. 그리고 딱 까놓고 애

기해서 진풍이가 갔다고 한들 뭐가 달라졌겠어요?"

"뭐?"

"살이나 빼라고 하세요."

조소영에게 일격을 당한 서문화경의 낯빛이 벌겋게 상기
됐다.

이대로 물러나기에는 너무 자존심이 상했다.

그래서 서문화경이 다시 쏘아붙였다.

"우리 진풍이는 상화 따위와는 비교도 할 수 없는 기재
중의 기재였어!"

"어머, 그래요? 그렇게 대단한 기재라서 지금 쟁자수를
하고 있군요. 서문 부인의 말대로라면 둔재인 우리 상화는
용봉단의 부단주가 됐는데."

바들바들.

아까부터 치맛자락을 꽉 움켜쥐고 있던 서문화경의 두
손이 분노로 인해 가늘게 떨렸다.

그리고 얄밉게 웃고 있는 조소영을 매섭게 노려보고 있
을 때였다.

"자, 사람들의 이목도 있고 하니 두 부인께서는 이쯤에
서 멈추시는 것이 어떻습니까?"

눈치를 살피던 유성용이 중간에 끼어들어서 중재에 나섰
다.

"흥이 깨진 듯하니 다시 흥을 돋워야겠습니다. 용봉단의

부단주인 우리 추 소협이 실력 발휘를 한번 하는 게 어떨까요?"

"그거 무척 좋은 생각이군요. 그런데 상화가 실력을 발휘하려면 비무를 할 상대가 있어야지 않겠어요?"

"그야 그렇지요."

"비무 상대로 누가 좋을까나?"

콧소리를 내며 주변을 이리저리 살피고 있던 조소영과 서문화경의 시선이 허공에서 얽혔다.

그리고 얄밉게 웃고 있는 조소영을 바라보던 서문화경이 문득 불안감을 느낄 때였다.

"이번에 추 소협과 함께 온 용봉단의 단원들에게 비무 상대로 나서 달라고 부탁해 보는 게 어떨까요?"

유성용이 제안을 꺼냈지만, 조소영은 고개를 흔들었다.

그리고 허공에서 얽힌 시선을 떼지 않은 채 조소영이 덧붙였다.

"서문 부인, 아까 억울하다고 했죠? 그럼 이렇게 하는 게 어떨까요? 우리 상화의 비무 상대를 진풍이로 하는 게."

"……?"

"누가 진짜 기재인지 이번 기회에 가려 보죠."

서문화경이 피가 날 정도로 입술을 꽉 깨물었다.

용봉단의 부단주인 상화와, 표국에서 쟁자수로 허드렛일이나 하고 있는 진풍이가 현재 처한 상황은 너무 달랐다.

당연히 이 비무를 피해야 했다.

그런데 자존심이 쉽게 허락하지 않았다.

잘근잘근 입술을 씹으며 고심하던 서문화경이 한참 만에 조소영에게 대답했다.

"좋아. 누구 아들이 진짜 기재인지 확인해 보자고."


모용수린이 추상화를 향해 고개를 돌렸다.

아까부터 끈적한 시선을 던지고 있던 추상화가 시선이 마주치자마자 찔끔하며 고개를 훼훼 돌리는 것이 보였다.

'한심하긴!'

용봉단의 부단주라는 직책을 등에 업자마자 양어깨에 잔뜩 힘이 들어가서 거들먹거리는 추상화가 예전부터 마음에 들지 않았다.

선이 굵은 사내다운 얼굴과 용봉단의 부단주라는 직책에 반한 여자들이 간혹 추상화에게 추파를 던질 때마다, 추상화의 실체에 대해 파악하고 있는 모용수린은 그런 여자들이 한심하게만 느껴졌다.

그래서 지금 벽검장에서 열리고 있는 잔치에 마지못해 참석하긴 했지만, 언짢은 마음이 드는 것은 어쩔 수 없었다.

그리고 마음에 들지 않는 것은 이번에 함께 임무를 수행하기 위해 동행한 용봉단원들도 마찬가지였다.

"다 얼간이들이야!"

내키지 않는 자리에 참석한 것도, 억지웃음을 지으며 인사를 하고 말상대를 해 주는 것도 피곤했다.

그래서 사람들이 없는 쉴 곳을 찾아 헤매던 모용수린에게 혼자서 널찍한 상을 차지하고 있는 뚱뚱한 청년이 눈에 띄었다.

어차피 입맛도 없었기에 모용수린은 혼자 상을 차지하고 있는 뚱뚱한 청년의 맞은편에 자리를 잡고 앉았다.

오른손에는 수육, 왼손에는 닭다리를 쥔 채 신나게 뜯고 있던 뚱뚱한 청년이 자신을 발견하고 헤벌쭉 웃었다.

그리고 수육과 닭다리를 아쉬운 눈길로 바라보며 고심하던 뚱뚱한 청년이 결국 모두 상 위에 내려놓았다.

소매로 입가에 잔뜩 묻은 기름을 닦아 낸 뚱뚱한 청년이 인사를 건넸다.

"난 서진풍이라고 해요."

"모용수린이에요."

"알고 있어요. 아까 상화가 소개하는 걸 들었거든요."

"네."

"이거 좀 먹을래요?"

서진풍이 하나 남은 닭다리를 뜯어서 건넸다.

마치 귀한 보물을 건네듯 닭다리를 향해 아쉬운 시선을 던지고 있는 서진풍을 보고 있자니 피식 웃음이 났다.

지금 서진풍에게는 하나 남은 이 닭다리가 절제고수의 비급이나 마찬가지였다.

어쩌면 진짜 절세고수의 비급과 이 닭다리를 바꾸자고 해도 서진풍은 거절할지도 몰랐다.

"이 귀한 걸 왜 나한테 건네는 거죠?"

"주고 싶어서요."

"왜요?"

"처음이거든요."

"뭐가 처음이란 거죠?"

"내게 먼저 다가온 여자는 그쪽이 처음이에요."

"……."

"다른 여자들은 날 보면 피하기 바쁘거든요."

압도적으로 뚱뚱한 서진풍의 이야기를 듣고 있자니 안쓰러운 마음이 들었다.

그렇지만 지금 이야기를 꺼내는 서진풍의 표정은 밝았다.

마치 자신과 하등 상관없는 남의 이야기를 하는 것처럼 느껴질 정도였다.

"그래서 조금 궁금해졌는데 왜 하필 내 앞에 앉았어요?"

"딱히 특별한 이유는 없었는데……."

"혹시 나 좋아해요?"

"내가, 그쪽을요?"

"역시 그럴 리가 없겠죠?"

"난 당신에 대해 아는 게 아무것도 없어요. 그런데 좋아하거나 싫어하는 감정이 있을 리 없죠."

해맑게 웃고 있는 서진풍과 마주하고 있다 보니, 바닥으로 추락했던 기분이 조금 나아졌다.

그래서 저 멀리 사라졌던 입맛이 다시 돌아왔다.

아까 건네받은 닭다리를 모용수린이 조심스럽게 한 입 베어 물었을 때, 서진풍이 놀란 시선을 던지고 있었다.

"왜요? 뭐 묻었어요?"

"그런 게 아니라 음식도 먹네요."

"그게 이상한 일이에요?"

"이슬만 먹는 줄 알았거든요."

자신이 가진 배경을 떠벌리며 접근하는 사람들은 많았다.

그렇지만 이런 말로 호감을 표하는 사람은 처음이었다.

그리고 그런 순수한 면이 모용수린의 호감을 불러일으켰다.

"여자 많이 못 만나 봤죠?"

"어떻게 알았어요?"

"이상한 환상을 품고 있네요."

"환상인가요?"

"그 환상을 확실히 깨트려 줄까요? 자, 따라 봐요."

모용수린이 술잔을 앞으로 내밀며 흠칫 놀란 기색을 드러내는 서진풍에게 덧붙였다.

"세상에 이슬만 먹고 살 수 있는 사람은 없어요. 음식도 먹고 술도 마시죠. 자, 어서 따라 보라니까요."

모용수린이 재촉하자 서진풍이 술병을 기울였다.

다시 내려놓으려는 술병을 빼앗은 모용수린이 물었다.

"술은 좀 해요?"

"마셔 본 적 없는데……."

"정말 한 번도 마셔 본 적이 없어요?"

"네."

"진짜 신기한 사람이네. 그럼 지금 한 번 마셔 봐요."

여자에게 이상한 환상을 가진데다, 지금까지 술도 한 번 못 마셔 봤다는 얘기를 듣고 나자, 서진풍에 대한 호기심이 더욱 일어났다.

"뭐하는 사람이에요?"

"쟁자수예요."

"표국의 쟁자수?"

"제가 힘은 좀 세거든요."

모용수린이 환하게 웃으며 술잔을 입으로 가져갔다.

술잔을 보며 장고에 잠겼던 서진풍도 마침내 결심한 듯 두 눈을 질끈 감고 술잔을 단숨에 비웠다.

"어때요?"

"쓰네요."

"그게 다예요?"

"기분이 좀 좋아지는 것 같아요. 그리고…….”

"그리고 뭐예요?”

"그쪽이 더 예뻐 보이네요.”

"풋!”

솔직한 서진풍의 이야기를 들은 모용수린이 참지 못 하고 가볍게 웃음을 터트릴 때였다.

"진풍아!”

"네, 엄마!”

"큰일 났다.”

"왜요?”

"에미가 사고를 쳤다.”

"무슨 사고요?”

"에미가 어떻게든 참았어야 했는데…… 그 불여시 때문에 못 참고 결국 사고를 치고 말았다.”

"무슨 일이냐니까요?”

"그게…… 상화와 네가 비무를 하게 됐다.”

"상화랑 제가 비무를 한다고요?”

"그래, 이제 어쩌지?”

모용수린이 서진풍과 얘기를 나누는 중년 부인을 살폈다.

두 사람의 대화를 들어 보니 아름다운 중년 부인은 서진풍의 어머니로 보였다.

너무 닮지 않은 두 사람을 보며 잠시 놀랐던 모용수린은 두 사람의 대화 내용을 듣고서 더욱 놀랐다.

'말도 안 돼!'

추상화는 용봉단의 부단주 직책을 맡고 있는 일류 고수였다.

그에 반해 서진풍은 무공을 전혀 모르는 일개 쟁자수에 불과했다.

그런 두 사람이 비무를 벌인다니.

"안 하면 안 될까요?"

"이미 약속을 해 버렸다."

"그렇지만……."

"진풍아, 난 널 믿는다. 넌 누가 뭐래도 청해성 최고의 기재였어."

청해성 최고의 기재가 고작 쟁자수나 하고 있을까?

그리고 저렇게 뚱뚱한 기재는 단 한 번도 본 적이 없었다.

그래서 모용수린이 기가 막히다는 표정을 짓고 있을 때, 하얀색 무복을 갖춰 입은 추상화가 다가왔다.

"왜 망설이지? 겁이 나는가 보지?"

"……."

"하긴 쟁자수나 하고 있는 놈에게 비무 따위가 가당키나 할까?"

"해."

"뭐라고?"

"비무 하자고."

닭다리를 아쉬운 눈길로 바라보다가 결국 상 위에 내려놓고 일어서는 서진풍을 확인한 모용수린이 서둘러 나섰다.

"추 소협, 이게 무슨 짓이죠?"

"보다시피 저기 서 있는 서 소협과 비무를 하려는 겁니다."

"하지만 서 소협은 무공을 모르는 쟁자수예요."

"모용 소저가 아직 모르는 게 있습니다."

"모르는 것? 그게 뭐죠?"

"서소협은 특별한 쟁자수입니다."

"특별한 쟁자수?"

"비록 지금은 쟁자수나 하고 있지만 무림맹 영재 발굴 대회 청해성 예선에서 우승했던 게 바로 서 소협입니다."

모용수린이 서진풍을 새삼스런 눈길로 바라보았다.

하지만 아무리 살펴도 서진풍에게서 무공을 익힌 흔적은 발견할 수 없었다.

"아무리 그렇다고 해도 지금 서 소협은 무공을 전혀 몰라요. 그런데 일류 고수인 추 소협과 비무를 하는 건 공정치 못 하다고 생각……."

그래서 모용수린이 이 비무를 막기 위해서 다시 열변을 토하고 있을 때였다.

"괜찮아요."

"서 소협!"

"그냥 비무잖아요."

"하지만……."

"뭐, 어떻게든 되겠죠."

어떻게든 말리고 싶었는데.

이제 모용수린이 나서서 만류할 수 있는 단계는 지나 있었다.

"비무 도중에 죽을 수도 있어요."

"지금 날 걱정해 주는 거예요?"

"그런 게 아니라……."

살짝 당황한 모용수린이 말끝을 흐릴 때, 서진풍이 환하게 웃으며 덧붙였다.

"너무 걱정할 필요 없어요. 난 특별한 쟁자수니까."


진풍이 머리를 긁적였다.

"이거 곤란하게 됐네."

어떻게든 비무를 피했어야 했다.

그런데 퍼뜩 정신을 차리고 보니 이미 비무대에 올라와 있었다.

그리고 진풍이 비무를 피하지 못 한 이유는 모용수린 때문이었다.

모용수린이 보는 앞에서 추상화와의 비무를 피하고 도망치는 모습을 보여 주고 싶지 않았다.

"동괴 사부 말이 맞았네."

동괴 사부는 하산해서 강호에 나가거든 여자와 노인, 그리고 어린아이를 가장 조심하라고 충고했었다.

당시에는 그 충고를 한 귀로 듣고 한 귀로 흘려듣고 말았었는데.

따지고 보면 이번 사단이 발생한 것도 모용수린 때문이었다.

그래서 엉겁결에 비무대에 올라서고 보니 동괴 사부의 충고가 틀리지 않다는 생각이 들었다.

"어쩌지?"

진풍이 본격적으로 비무를 시작하기 전에 주변을 둘러보았다.

여전히 걱정스레 바라보고 있는 모용수린과 시선이 마주친 순간, 진풍은 주먹을 꽉 말아 쥐고 있었다.

모용수린이 지켜보는 앞에서 추상화를 때려눕히는 멋진 모습을 보여 주고 싶다는 욕심이 생겼기 때문이리라.

그러나 그 욕심은 금세 사라졌다.

두 눈을 초롱초롱 빛내고 있는 어머니와 시선이 마주친 순간, 진풍은 재빨리 주먹을 풀었다.

만약 지금 추상화를 때려눕히고 나면…… 가만히 있을

어머니가 아니었다.

그건 제 발로 다시 지옥으로 걸어 들어가는 것이나 마찬가지였다.

말 그대로 진퇴양난!

이러지도 저러지도 못 하는 난감한 상황이었다.

그래서 진풍이 한숨을 푹푹 내쉬고 있을 때, 추상화가 느긋하게 비무대 위로 걸어 올라왔다.

"아직 늦지 않았어. 지금이라도 없었던 걸로 하자고 부탁하면 들어주지."

추상화가 선심 쓰듯 말했다.

그만두고 싶다는 말이 목구멍까지 치밀었지만, 실실 웃고 있는 추상화를 마주하니 그 말이 입 밖으로 나오지 않았다.

'적당히 하다가 비무에서 패하자!'

진풍이 마침내 결심을 굳혔다.

모용수린이 보는 앞에서 체면을 구기는 것이 마음에 걸리긴 했지만, 지옥으로 걸어 들어가는 것보다는 낫다는 판단이 섰다.

"그럼 시작할까?"

새로운 장난감을 발견한 어린아이처럼 두 눈을 빛내고 있던 추상화가 검을 들어 올리고, 갑자기 예고도 없이 검을 휘둘렀다.

슈아악!

검광이 번쩍이며 매서운 파공음이 귓가를 어지럽혔다.

하지만 진풍은 당황하지 않았다.

'느려!'

추상화가 휘두르는 검은 서괴 사부가 휘두르는 검에 비하면 느려도 너무 느렸다.

'이 정도라면……'

추상화가 용봉단의 부단주라는 직책을 맡고 있다는 얘기를 들었던 탓에 살짝 긴장하고 있었다.

그러나 추상화가 휘두르는 검을 확인한 순간, 보진단을 먹고 내력을 끌어 올리지 않더라도 충분히 이길 수 있다는 자신이 생겼다.

그러나 이번 비무에서 이겨서는 안 됐다.

출렁.

진풍이 검의 궤적을 응시하다가 마지막 순간에 좌로 반보를 움직여 머리 위로 떨어지고 있던 추상화의 검을 피해 냈다.

"피해?"

간발의 차로 아슬아슬하게 공격을 피해 내자, 추상화가 두 눈을 치켜떴다.

그리고 다시 살검을 휘두르기 시작했다.

출렁. 출렁.

진풍이 뱃살을 흔들며 연거푸 뒷걸음질을 쳤다.

그리고 비무에서 패할 적당한 시기를 고심하고 있던 진풍이 두 눈을 가늘게 떴다.

'살기?'

비무를 구경하기 위해 몰려든 사람들 가운데서 살기가 뿜어져 나오고 있었다.

그 살기를 느낀 진풍이 좌로 두 걸음 움직였다.

그러나 자신을 따라오지 않는 살기를 확인한 순간, 진풍은 이 살기가 추상화를 노리고 있음을 확실히 깨달았다.

'됐다!'

추상화를 노리는 살기의 존재를 알아챈 진풍이 속으로 쾌재를 불렀다.

이 난감한 상황을 해결할 좋은 방법이 떠올랐기 때문이었다.

잔뜩 흥분한 채 검을 휘두르고 있는 추상화를 살피며 뒷걸음질 치던 진풍이 마치 돌부리에 걸린 것처럼 뒤로 넘어졌다.

"어어!"

실수로 넘어진 것처럼 연기하기 위해 진풍이 소리를 질렀다.

쿵!

풀썩!

육중한 진풍의 몸뚱이가 쓰러지자 비무대 위로 자욱한 먼지가 피어올랐다.

이번 비무를 구경하기 위해서 몰려든 사람들의 시야를 한순간에 가려 버린 먼지.

그 순간, 기회를 놓치지 않고 살기가 강렬해졌다.

그리고 누군가의 신형이 빛살 같은 속도로 비무대 위로 날아들었다.

퍽!

살기의 주인인 흑색 무복을 입은 사내의 손이 추상화의 가슴을 후려친 순간, 진풍도 지체하지 않고 벌떡 일어났다.

출렁.

뱃살이 흔들리는 탄력으로 인해 가속도가 붙은 진풍의 신형이 자욱한 먼지 속에서 흑의인에게 돌진했다.

퍼억!

엄청난 속도로 돌진하는 진풍을 발견한 흑의인의 두 눈이 커진 순간, 진풍의 어깨가 당황한 흑의인의 가슴을 슬쩍 밀쳤다.

자욱한 먼지가 걷혔을 때, 비무대 위에는 흑의인과 추상화가 쓰러져 있었다.

진풍 혼자서 멀쩡히 두 다리로 서서 머리를 긁적였다.

"무슨 일이야?"

"암습이다!"

"대체 어떤 놈이야?"

"우선 추 소협의 안위부터 살펴!"

뒤늦게 상황을 파악한 사람들과 벽검장의 무인들이 황급히 비무대 위로 뛰어 올라오는 사이, 진풍은 조용히 비무대를 내려왔다.

"추 소협은 무사합니다."

"암습을 한 자의 신원은 아직 확인되지 않았습니다."

"아직 끝이 아닐지도 모르니 경계를 늦추지 마!"

"비무대를 봉쇄해!"

벽검장 무인들이 신속하게 움직이는 사이, 모용수린을 비롯한 용봉단의 단원들이 흑의인에게 다가갔다.

"이자는 호살귀입니다."

한참을 살피던 천도문의 소문주 홍대용이 흑의인의 신원을 밝혀내자, 장내는 다시 소란스럽게 변했다.

"호살귀는 마교의 인물이잖아."

"호살귀라면 마교 서열 백 위 안에 드는 고수 중의 고수야!"

"그럼?"

"소장주님께서 호살귀를 이긴 거야!"

벽검장 무인들이 환호성을 질렀다.

그 환호성을 듣던 진풍이 코웃음을 쳤다.

추상화는 호살귀의 암습을 막아 내지 못하고 쓰러졌을 뿐.

호살귀를 쓰러트린 것은 진풍이었다.

하지만 그 사실을 굳이 알릴 생각은 없다.

진퇴양난의 곤란한 상황에서 이 정도면 깔끔하게 마무리가 됐다는 생각이 들어서 어깨가 으쓱여졌다.

히죽 웃은 진풍이 혼란스러운 틈을 타서 조용히 벽검장을 빠져나왔다.

2장
나도 비밀 병기거든요

"호살귀가 실패했다고?"

마교 청해지단의 단주인 척운경이 주먹으로 집무실 탁자를 내려쳤다.

임무를 수행하기 위해 청해성으로 찾아온 용봉단의 단원들 가운데 하나를 납치하라는 명령이 떨어진 것이 사흘 전.

척운경은 그 명령을 수행하기 위해서 나름 치밀한 계획을 짰다.

청해성을 찾은 용봉단의 단원들은 총 다섯.

그들 가운데 납치할 대상으로 벽검장의 소장주인 추상화로 결정했다.

추상화가 용봉단의 부단주라는 직책을 맡고 있긴 하지만,

다섯 명 가운데 가장 무공 실력이 떨어지기 때문이었다.

그리고 추상화를 납치하라는 임무를 부여해서 보낸 것이 바로 호살귀였다.

호살귀는 마교 서열 구십칠 위에 올라 있는 절정 고수.

그에 반해 추상화는 고작 해야 일류 고수.

그래서 이번 임무는 절대 실패할 리가 없다고 판단했는데, 그 예상은 보기 좋게 빗나가 버렸다.

"자세히 말해 봐."

흥분을 가라앉힌 척운경이 재촉하자, 소마뇌라 불리는 허영생이 재빨리 입을 열어 보고를 시작했다.

"호살귀는 추상화가 비무를 하는 사이 기회를 노리고 접근했습니다."

"비무? 무슨 비무?"

"혹시 백화장이라고 들어 보신 적 있으십니까?"

"백화장? 들어 봤지. 근데 거기 아직 안 망했어?"

"거의 망했습니다. 간신히 명맥만 유지하고 있습니다."

"그런데?"

"추상화는 백화장주의 둘째 아들인 서진풍과 비무를 했습니다."

"고수야? 지금 뭐하는 놈인데?"

"그게…… 쟁자수입니다."

"쟁자수? 그럼 전혀 신경 쓸 것 없는 놈이잖아."

"그렇습니다."

"그런데 왜 말한 거야?"

"자세히 말씀하라고 하셔서……."

옆으로 쫙 찢어진 두 눈의 눈알을 이리저리 굴리던 허영생이 말끝을 흐렸다.

퍼억!

척운경의 오른손이 허영생의 뒤통수를 강하게 후려친 건 당연한 수순.

콧김을 내뿜으며 척운경이 소리쳤다.

"뒤질래?!"

"죄송합니다."

"핵심만 말해, 핵심만!"

"핵심만 말씀드리면 호살귀가 비무 중인 추상화를 납치하려 했지만, 반항이 거센 바람에 실패했습니다."

"호살귀는?"

"죽었습니다."

"그럼 추상화란 놈은?"

"가벼운 타박상만 입었다고 합니다."

"그게 말이 돼?"

"저도 말이 안 된다고 생각합니다."

"야, 이 새끼야! 그깟 소리 지껄이려고 내 앞에 앉아 있는 거야? 호살귀가 실패한 이유가 있을 것 아냐, 이유가!"

"여러 가지 가능성을 열어 두고 파악 중입니다."

허영생이 눈알을 굴리는 속도가 빨라졌다.

이건 허영생이 당황했을 때 드러나는 습관!

허영생에게서 별로 기대할 것이 없다는 것을 깨달은 척 운경이 화를 꾹꾹 눌러 참으며 지시했다.

"그 새끼에 대해 파 봐."

"누구…… 말씀이십니까?"

"아까 그 쟁자수!"

"서진풍이란 놈 말입니까?"

"그래."

"그렇지만 아까도 말씀드렸듯이 서진풍은 고작 쟁자수입니다. 그런 놈에게 신경 쓸 이유가 전혀……."

"야, 이 새끼야. 그럼 고작 일류 고수인 추상화가 절정 고수인 호살귀를 이긴 건 말이 된다고 생각해?"

"그것도 이상하죠."

"이상해? 그럼 귀신이 찾아와서 호살귀를 죽였냐?"

"에이, 귀신이 세상에 어디 있습니까?"

"야, 이 새끼야. 그럼 이상하다고 대가리만 갸웃거리지 말고 이유를 알아봐야 할 것 아냐! 거기 변수가 뭐가 있어? 그 쟁자수밖에 더 있어?"

"그렇습니다."

"그럼 그 새끼가 수상하잖아. 아니, 가장 가까이에 있었으니까 적어도 뭘 보긴 했을 거 아냐!"

"듣고 보니 그렇군요."

"듣고 보니 그렇군요? 당장 안 튀어나가?"

척운경이 다시 오른손을 치켜들자 꽁지에 불붙은 멧돼지마냥 황급히 일어난 허영생은 어느새 집무실 문 앞에 서 있었다.

"잠깐!"

"또 왜 그러십니까?"

"그 새끼는 찾았어?"

"누구 말씀이십니까?"

"누구긴 누구야? 색마 선대수란 놈이지!"

신교 본산에서 청해지단으로 내려온 명령은 두 가지였다.

하나는 용봉단의 단원들 가운데 하나를 납치해서 그들이 무림맹에서 부여받은 임무에 대해서 샅샅이 캐내는 것이었고, 나머지 하나는 색마 선대수라는 놈을 최대한 빨리 찾아내라는 것이었다.

"아직 찾고 있는 중입니다."

"진전은 없고?"

"아주 신출귀몰한 놈입니다."

감탄한 기색을 얼굴에 드러내고 있는 허영생을 노려보던 척운경이 더 참지 못하고 찻잔을 집어 던졌다.

"나가! 이 새끼야!"

갑작스런 호살귀의 암습으로 벽검장에서 열리던 잔치는 예정보다 일찍 파했다.

그리고 이번 사건으로 인해 추상화의 양어깨에는 더욱 힘이 들어가 있었다.

"형님, 절정 고수인 호살귀를 일수에 쓰러트리시다니 대단하십니다."

"팽 아우. 운이 좋았을 뿐이네."

"운이라니요. 운으로 호살귀를 쓰러트릴 수 있다면 이 세상에 고수 아닌 자가 어디 있겠습니까? 형님의 실력이 뛰어나신 거죠."

"말이 또 그렇게 되나? 어쨌든 고맙네."

원래부터 죽이 짝짝 맞았던 팽문호와 추상화가 나누는 대화를 듣고 있던 모용수린이 입을 열었다.

"추 소협, 당시의 상황에 대해서 자세히 들려 주세요."

"모용 소저, 그건 왜 물으시는 겁니까?"

"당시에 비무대에 먼지가 자욱하게 일어난 탓에 시야가 제대로 확보되지 않았어요. 그래서 추 소협이 어떻게 호살귀를 쓰러트렸는지 확인하지 못 했거든요."

"그 말은…… 내가 호살귀를 쓰러트렸다는 걸 믿지 못 한다는 뜻입니까?"

"솔직히 말할까요? 제가 파악하고 있는 추 소협의 무공

수위는 일류. 추 소협에게 암습을 가한 호살귀의 무공 수위
는 절정이에요. 그런데 추 소협이 호살귀를 일수에 죽였다
는 게 쉽게 믿기지 않네요."

"결국 못 믿겠다는 뜻이군요."

"정말 추 소협이 호살귀를 죽였나요?"

모용수린이 질문을 던지며 추상화를 유심히 살폈다.

정곡을 찔린 탓일까?

잠시 흠칫했던 추상화는 언성을 높였다.

"내가 죽였습니다."

"하지만……."

"강호의 격언 중에 서 푼의 실력을 감추라는 말이 있다
는 걸 모용 소저도 알고 있지 않습니까?"

"그러니까 실력을 감추고 있었다?"

"모용 소저가 절 의심하고 있다니 이거 무척 서운합니
다."

과장된 몸짓을 취하며 웃고 있는 추상화에 대한 모용수
린의 의심은 쉽게 사라지지 않았다.

여태껏 보아왔던 추상화는 자신을 과시하고 싶어서 안달
이 난 사람처럼 굴었다.

다섯을 가졌음에도 불구하고 열을 가진 사람처럼 과시하
기 바쁘던 추상화가 강호의 격언처럼 서 푼의 실력을 감추
고 있었을 리 없을 터.

그리고 모용수린만 이런 의심을 품고 있는 것이 아니었다.

화산의 일대 제자인 여건욱과 천도문의 소문주인 홍대용 역시 추상화에게 의심스런 시선을 던지고 있었다.

"자, 의심은 그쯤 하시죠. 지금 그게 중요한 게 아니잖습니까? 호살귀가 마교의 인물이라는 게 중요합니다."

분위기가 심상치 않음을 느낀 추상화가 재빨리 화제를 돌렸다.

그리고 모용수린도 이번만큼은 추상화의 영악함을 탓하지 못했다.

호살귀는 마교의 인물.

그것도 마교 서열 백 위 안에 들어가는 절정 고수.

그런 호살귀가 용봉단의 부단주인 추상화를 공격했다는 것은 절대로 가벼이 넘길 사안이 아니었다.

"대체 이유가 뭘까요?"

신중한 성격인 여건욱이 조심스럽게 입을 뗐다.

그리고 기회를 놓치지 않고 추상화가 대답했다.

"우리가 임무를 수행하기 위해 무림맹을 떠나온 것을 마교도 알고 있을 겁니다. 그들의 정보력이라면 모를 리가 없지요."

"그럼 이번 임무 때문이라는 겁니까?"

"분명히 그럴 겁니다."

추상화의 확신에 찬 대답을 듣던 홍대용이 한쪽 입매를 일그러트리며 말했다.

"부단주를 공격한 걸 보니 마교 놈들도 바보는 아니군."

"그게 무슨 뜻입니까?"

"정말 몰라서 물어?"

"······."

"우리 중에 부단주가 가장 약하다는 사실을 정확히 꿰뚫어 보고 있잖아."

날카로운 분석을 꺼내 놓는 홍대용을 노려보고 있던 추상화의 표정이 일그러지는 것이 보였다.

그리고 두 사람이 자존심 대결을 펼치기 시작했지만, 모용수린은 그들에게 신경 쓰지 않고 생각에 잠겼다.

'대체 누가 호살귀를 쓰러트렸지?'

모용수린이 고운 아미를 찡그렸다.

아까도 얘기했지만 호살귀는 추상화가 감당할 수 없는 고수였다.

그런 이유로 추상화를 배제한다면 당시에 호살귀를 쓰러트릴 수 있었던 사람은 딱 한 명, 서진풍뿐.

그러나 서진풍은 고작 쟁자수였다.

물론 특별한 쟁자수란 이야기를 듣긴 했지만, 그래도 쟁자수는 쟁자수일 뿐이다.

게다가 그렇게 뚱뚱한 서진풍이 호살귀를 일수에 쓰러트

릴 정도의 고수일 거란 생각은 전혀 들지 않았다.

'다시 한 번 만나 봐야겠어.'

그래도 일단 확인은 해 볼 필요가 있다는 생각이 들었다.

해서 모용수린이 추상화에게 물었다.

"어제 추 소협과 비무를 했던 분을 만나려면 어디를 찾아가야 하죠?"

"모용 소저께서 그 녀석을 대체 왜 만나시려는 겁니까?"

언짢은 기색을 노골적으로 드러내고 있는 추상화에게 모용수린이 대답했다.

"잠깐 얘기를 나눠 보니 괜찮은 사람이더군요."

"그 녀석이요? 고작 쟁자수에 불과한 한심한……."

"전혀 한심하지 않아요."

도중에 말을 자른 모용수린이 추상화를 지그시 응시하며 덧붙였다.

"적어도 추 소협보다는 훨씬 괜찮은 사람 같더군요."


날이 밝았다.

진풍과 순풍은 맹호표국으로 첫 출근을 했다.

진풍은 첫 출근이 조용히 넘어가길 원했지만, 그 바람은 이루어지지 않았다.

맹호표국의 국주인 방천호가 정문 밖까지 나와서 자신을 기다리고 있었기 때문이었다.

"어서들 오게. 혹여나 오지 않을까 봐 노심초사하고 있었다네."

마치 죽었다 돌아온 조상을 만난 것처럼 방천호는 반갑게 맞아 주었다.

앞장서서 걸어가는 방천호의 뒤를 따라 집무실로 향하는 사이, 표사들과 쟁자수들의 시선도 일제히 쏠렸다.

홀연히 등장해 단숨에 표두 자리를 꿰찬 순풍에게는 호기심이 어린 시선을 던지고 있는 반면, 뚱뚱한 진풍에게는 한심하다는 시선을 던지고 있었다.

잠시 뒤 진풍은 순풍과 함께 방천호의 집무실에 도착했다.

"자, 앞으로 우리 맹호표국을 위해 힘을 써 주게. 서 표두!"

"네?"

"뭐하는가? 서 표두는 먼저 나가서 업무를 보게."

"아, 알겠습니다."

순풍이 얼떨떨한 표정으로 나가고 혼자 남게 되자, 방천호는 딱딱하게 굳어진 표정을 풀고 환하게 웃었다.

"서 소협, 내 그간 서 소협을 어찌 대해야 할지 고심했다네."

"그냥 다른 쟁자수들과 마찬가지로 대해 주세요."

"어찌 그럴 수가 있나?"

펄쩍 뛰다시피 하며 손사래를 친 방천호가 누가 들을 새라 목소리를 낮춘 채 말했다.

"서 소협은 다른 쟁자수와 다르네. 내 미리 일러두었으니 표행이 있기 전까지는 어느 누구도 서 소협에게 허드렛일을 시키지 않을 걸세."

"그럼 난 뭘 하면 되나요?"

"그냥 편히 쉬시게."

"정말요?"

"물론이네. 내가 허언을 할 사람처럼 보이는가?"

듣던 중 반가운 소리였다.

그래서 진풍이 히죽 웃는 사이, 방천호가 더욱 목소리를 낮춘 채 덧붙였다.

"명심하게. 서 소협은 우리 맹호표국의 감춰 둔 병기일세. 한마디로 비밀 병기라고 할 수 있지. 그리고 비밀 병기란 다른 사람들에게 알려지지 않았을 때 위력이 배가 되는 법. 그러니 가능하면 다른 사람들의 눈에 띄지 않도록 조용히 지내게. 물론······ 사람들의 눈에 띄지 않는 게 쉽진 않을 것 같네만."

맹호표국은 용흥표국과 비교할 수 없을 정도로 규모가 컸다.

그리고 그 말은 아무에게도 들키지 않고 쉴 수 있는 공간이 많다는 뜻이기도 했다.

이미 맹호표국의 국주인 방천호의 허락까지 득한 마당이
니 거리낄 것이 없었다.

그래서 널찍한 맹호표국 내부를 활보하고 있던 진풍이
두 눈을 빛냈다.

"찾았다!"

아담한 정자는 꽤 높이 세워진 편이라 위에 직접 올라와
보기 전에는 사람이 있는가 여부를 확인하기 힘들었다.

그리고 사방이 훤히 뚫려 있는 터라 볕도 잘 들었고, 통
풍도 원활하니, 아주 딱이었다.

아무도 몰래 틀어박혀서 시간을 흘려보내기에는 여기만
큼 좋은 곳이 없음을 본능적으로 깨닫고 정자 위로 성큼성
큼 올라갔던 진풍이 슬쩍 눈살을 찌푸렸다.

괜히 명당이 아니었다.

자신보다 앞서 명당을 알아보고 팔자 좋게 드러누워 코
까지 골면서 잠들어 있는 선객이 존재했다.

그 선객을 진풍이 깨웠다.

"저기요."

옆구리를 쿡 찌르자마자 선객은 화들짝 놀라며 벌떡 일
어났다.

그리고 본능적으로 허리춤으로 손을 가져가던 선객은 허
리춤이 비어 있다는 사실을 깨닫고 두 주먹을 쥔 채 방어

자세를 취했다.

"누구냐? 혹시…… 맹주가 보낸 자객이냐?"

"쟁자수인데요."

"혹시 쟁자수로 위장한 자객인가?"

"진짜 쟁자수거든요."

"정말이냐? 하지만 너처럼 뚱뚱한 쟁자수는 본 적이 없는데."

"오늘이 처음이거든요."

그제야 선객의 두 눈에 깃들어 있던 의심이 사라졌다.

주먹을 풀고 있는 선객을 진풍이 자세히 살폈다.

나이는 약 서른 중반 가량.

눈가와 이마에 주름이 깊게 잡힌 사내는 젊은 시절에 미남으로 꽤 이름을 날렸을 게 틀림없었다.

아니, 지금도 덥수룩하게 자란 수염과 봉두난발인 머리를 깔끔하게 정리한다면 여전히 잘생긴 편이리라.

"그런데 누구세요?"

"나? 나도 이 표국의 쟁자수라네."

"그래요? 이름이 어떻게 되세요?"

"이름? 쟁자수에게 이름 따위가 뭐가 중요하겠나? 그래도 궁금해 한다면 일러 주지. 선만섭이네. 보아하니 나보다 한참 어린 듯 보이니 앞으로 날 선 형이라고 부르게."

"네, 선 형!"

진풍이 고개를 끄덕이는 사이, 유심히 살피던 선만섭이
입을 열었다.

"아우님은 요새 근심이 있군?!"

"왜 그렇게 생각하세요?"

"안색이 창백하고, 두 눈에도 수심이 가득하구만. 머릿
속은 복잡하고, 의욕도 없겠지…… 어때? 내 말이 맞지?"

"고민이 하나 있긴 한데……."

"내가 맞춰 볼까?"

"……."

"여자 때문이지?"

진풍이 놀란 표정을 감추지 못한 채 선만섭을 바라보았
다.

방금 처음 만났음에도 불구하고, 선만섭은 단숨에 자신
에게 고민이 있다는 사실을 알아챘다.

그뿐 아니라 그 고민의 종류에 대해서도 정확히 맞췄다.

"어떻게 아셨어요?"

"딱 보면 알지. 내가 이래 봬도 색…… 아닐세. 그보다
상대가 누군가?"

"그게……."

"대답하기 곤란한가? 그럼 다른 질문을 하지. 예쁜가?"

"예뻐요. 아주 예뻐요."

진풍이 이번 질문에는 솔직하게 대답했다.

요즘 진풍에게 고민을 안겨 주고 있는 모용수린은 아주 예뻤다.

"내게 전부 털어놔 보게. 내가 아우님의 근심을 다 해결해 주겠네."

"하지만……."

진풍이 망설이며 이야기를 꺼내는 것을 주저하자, 선만섭이 눈치 빠르게 다시 질문을 던져 대화를 이끌기 시작했다.

"밤에 잠이 안 오지?"

"좀 뒤척이긴 해요."

예전에는 베개에 머리만 갖다 대면 곯아떨어졌었는데.

요 며칠간은 이리저리 뒤척이다가 새벽녘이 돼서야 간신히 잠들었다.

"자꾸 머리도 아프지?"

머릿속이 복잡했다.

그날 이후 계속 모용수린의 웃는 얼굴이 떠올라서 진풍을 시도때도 없이 괴롭히고 있었다.

"요새 입맛도 없지?"

이게 가장 큰 문제.

지금까지 긴 인생을 살아오면서 어떤 상황에서도 떨어진 적이 없던 입맛이 요즘 들어 예전 같지 않았다.

잘 익은 닭다리와 노릇하게 구워진 돼지고기를 앞에 두

어도 욕심이 생기지 않았다.

"……상사병 초기 증상이야."

선만섭은 음흉한 미소를 지으며 그렇게 단정했다.

"상사병요?"

"그래, 상사병! 그리고 상사병을 너무 가볍게 여기면 안 돼. 괜히 병이라고 불리는 것 같아? 잘못하면 죽을 수도 있어."

입맛이 떨어진 것만 해도 큰 문제였다.

한데 선만섭에게서 상사병 때문에 죽을 수도 있다는 얘기를 듣고 나자 덜컥 겁이 났다.

그래서 진풍의 표정이 굳어졌을 때, 선만섭이 짓궂게 웃으며 덧붙였다.

"아우님은 운이 좋군."

"왜요? 죽을 수도 있다면서요?"

"너무 걱정하지 말게. 이 형님을 만났으니까. 나만 믿고 따른다면 아우님이 걸린 병을 치료해 줄 수 있네."

"정말요?"

"물론이네. 내가 바로 색…… 아니, 어쨌든 여자들에 관해서는 아주 해박한 지식을 가지고 있거든!"

'믿어도 될까?'

진풍이 방금 처음 만난 선만섭을 빤히 바라보았다.

선량해 보이는 눈매와 확신에 찬 선만섭의 표정이 왠지

믿음직스럽게 느껴졌다.

그래서 진풍이 질문했다.

"어떻게 하면 제 상사병을 고칠 수 있을까요?"

"상사병을 고치는 방법은 딱 하나일세."

"뭔데요?"

"꾀이는 거지."

"꾀어요?"

"표현이 좀 저급한가? 그럼 이렇게 정정하지. 아우님이 사모하고 있는 그 여자와 사랑을 하면 병을 고칠 수 있다네."

진풍이 천천히 고개를 끄덕였다.

상사병의 치료 방법은 아주 간단했다.

하지만 문제는 진풍에게는 아주 어려운 방법이라는 점이었다.

"그게…… 정말 가능할까요?"

진풍이 조심스럽게 묻자, 선만섭의 확신에 찬 눈동자가 일순 중심을 잡지 못 하고 흔들렸다.

"아우님을 보아하니 쉽지는 않을 것 같구만."

짤막한 한숨을 토해 낸 선만섭이 질문을 던졌다.

"아우님은 살을 조금 뺄 생각은 없는가?"

"왜요?"

"내가 요리조리 자세히 뜯어 보니 아우님은 꽤나 미남일세. 다만 살에 묻히는 바람에 잘생긴 얼굴이 밖으로 드러나지 않았을 뿐이지. 어떤가? 일단 살을 조금만 뺀다면 좋을 것 같은데."

"그럴 수가 없어요."

"왜 살을 뺄 수 없다는 건가? 모름지기 사내라면 굳은 심지가 있어야 하는 법이네. 사랑을 얻기 위함인데 살을 좀 빼는 게 대수인가?"

진풍에게 살을 빼는 건 대수였다.

목숨과 직결되는 문제였기 때문이었다.

"살을 빼면 죽어요."

"그게 무슨 말인가?"

"사정이 있어요."

자세히 설명하는 대신 진풍이 한숨을 내쉬었다.

하산하기 전, 북괴 사부는 함부로 살을 빼려고 하면 죽는다고 강조했다.

손상된 진원진기가 더 나빠지지 않고 지금 상태라도 유지하기 위해서는 무조건 잘 먹어야 한다는 설명도 덧붙여 주었다.

그 설명을 들을 때만 해도 큰 문제는 아니라고 생각했다.

진풍은 먹는 게 좋았으니까.

하지만 하필 불치병이자, 지독하기가 이를 데 없는 상사병에 걸리게 될 줄이야.

"어쩔 수 없구만. 아우님의 집은 어떤가?"

"집이 어떠냐니요?"

"그러니까 부모님이 부자인가?"

"부자였죠."

"부자였다?"

"지금은 망했어요."

진풍이 솔직하게 대답하자, 선만섭의 낯빛이 조금 어두 워졌다.

"그것 참 안 됐구만."

"그러니까요."

"그럼 아우님은 무공은 좀 하는가?"

"무공요?"

"그래, 무공. 좀 뚱뚱하고 집이 망했으면 어떤가? 어차 피 이 강호에서 가장 중요한 것은 무공 실력이지 않은가? 무공 실력만 높다면……."

"사람 구실은 해요."

"사람 구실?"

"사부들 말로는 딱 사람 구실을 할 정도만 됐대요."

"크흠!"

선만섭의 낯빛이 시커멓게 변했다.

그리고 확신에 차 있던 그의 눈빛에서 힘이 빠져나갔다.

"그럼 아우님이 잘하는 건 대체 뭐가 있는가!"

"왜 화를 내고 그래요?"

"미안, 미안허이. 나도 모르는 사이 잠시 흥분하고 말았네. 어쨌든 아우님이 잘하는 건 뭔가?"

먹는 것 하나만큼은 자신 있다고 대답하려고 했던 진풍이 도중에 입을 다물었다.

요즘 들어 식욕도 시들해졌으니까.

그래서 한숨을 내쉰 진풍이 힘없는 목소리로 대답했다.

"가만히 생각해 보니까…… 잘하는 게 아무것도 없네요."

진풍은 실의에 빠졌다.

선만섭은 아직 포기하기에는 이르다며 상사병을 해결할 방법을 천천히 찾아보자고 했지만, 그의 어두운 낯빛을 보고도 쉽지 않다는 것을 알아채지 못 할 정도로 진풍이 눈치가 없지는 않았다.

입맛도 없었다.

평소에는 저녁을 먹을 때 다섯 공기는 거뜬히 먹어 치웠는데, 오늘은 고작 두 공기만 먹고 수저를 내려놓았다.

그럼에도 불구하고 형에게만 모든 관심이 쏠려 있는 어머니는 진풍의 고민에 대해 눈치채지 못하셨다.

"왜 벌써 그만 먹느냐?"

아버지만이 일찌감치 수저를 내려놓는 진풍에게 관심을

가져 주셨다.

"입맛이 없네요."

"쟁자수 일이 많이 힘들어?"

"아니요."

진풍이 고개를 가로저을 때, 어머니가 기회를 놓치지 않고 끼어드셨다.

"쟁자수가 힘들 게 뭐가 있어? 표두인 네 형 정도는 돼야 일이 힘들지."

"어허, 당신 무슨 말을 그렇게 하는 거요?"

"왜요? 내가 무슨 틀린 말을 했어요?"

가만히 내버려 두면 부부싸움이 벌어질 것 같아서 진풍이 서둘러 나섰다.

"정말 힘들지 않아요. 저 먼저 건너갈게요."

진풍이 막 일어섰을 때, 백화장으로 손님이 찾아왔다.

"계세요?"

백화장에 남은 하인이 없기에 아버지가 직접 나가서 문을 열었다.

그리고 그 손님이 바로 모용수린이라는 사실을 확인한 진풍이 두 눈을 치켜뜨고 멍하니 바라보고 있을 때였다.

"소저는 누구……?"

모용수린에게 질문을 던지는 아버지를 밀친 어머니가 맨발로 뛰어나와 그녀를 향해 환하게 웃었다.

"이게 누구야? 모용세가의 영애인 모용수린 아가씨가 여긴 웬일이세요?"

벽검장에서 열렸던 잔치에서 모용수린을 보았던 어머니는 마치 가출한 딸이 돌아온 것처럼 그녀를 반갑게 맞았다.

"만나고 싶은 사람이 있어서요."

"누굴?"

"이 댁의 아드님을 만나기 위해서 찾아왔어요."

모용수린이 용건을 꺼내자마자 어머니는 뛸 듯이 기뻐하며 소리쳤다.

"우리 잘난 아들을 만나러 찾아왔나 보군요."

"네? 아, 네!"

"그런데 우리 아들과는 어떻게 아는 사이인지 물어도 실례가 안 되려나요?"

"잠시 얘기를 나눈 적이 있습니다."

"그런데 이걸 어쩐다? 우리 아들은 지금 집에 없는데."

"그런가요?"

"표두, 그러니까 맹호표국의 표두가 되고 나서부터 우리 순풍이가 갑자기 일이 많아지는 바람에 귀가가 늦어져서……."

"잠시 만요."

"……?"

"제가 찾아온 아드님은 서진풍이라는 이름을 가지고 있습니다."

"순풍이가 아니라 진풍이를……? 대체 왜?"

"만나서 꼭 묻고 싶은 게 있어서요."

어머니는 도저히 믿기지 않는다는 표정을 짓고 있었다.

하지만 진풍은 어머니까지 신경 쓸 여유가 없었다.

모용수린이 먼저 찾아올 거라고는 전혀 예상치 못했기에 진풍의 머릿속은 순간 하얗게 변해 버렸다.

"진풍아! 손님이 찾아왔다!"

모용수린을 향해 진풍이 천천히 걸어 나왔다.

그리고 반갑게 웃고 있는 그녀의 앞에 선 진풍이 필사적으로 선만섭과 나누었던 대화를 떠올렸다.


"여자라고 해서 특별할 거 없어. 예쁘다고? 그냥 예쁜 게 아니라 아주 예쁘다고? 예쁜 여자라고 해도 딱히 다를 거 없어. 오히려 예쁜 여자일수록 상대의 외모에 별로 신경을 쓰지 않는 법이니, 아우님 입장에서는 오히려 다행이군. 어쨌든 여자란 매사에 자신감이 넘치고 당당하면서 솔직한 남자에게 끌리는 법이니 명심하게. 아, 하나 더. 억지로 자신을 꾸미려고 하지 마. 잘난 척을 하는 남자에게 여자들은 질색하는 법이니까. 가진 게 없으면 없는 대로 아우님의 모습을 그대로 보여 주면 된다네."

선만섭이 해 주었던 충고를 기억해 낸 진풍이 인사를 건넸다.

"다시 만나게 될 줄 몰랐는데."

"꼭 묻고 싶은 게 있어서 찾아왔어요."

"뭔데요?"

"그날 일을 자세히 듣고 싶어요."

"그날 일?"

"벽검장에서 비무가 있었던 날을 말하는 거예요."

"아, 근데 그날 일은 대체 왜요?"

"호살귀였어요."

"호살귀요?"

"비무 도중에 끼어들었던 사람의 별호가 호살귀예요. 마교 서열 백 위권 안에 드는 절정 고수죠."

"절정 고수처럼 안 보이던데."

"네?"

"아니요. 혼잣말이니까 신경 쓰지 말아요. 그래서 정확히 뭐가 궁금한 건데요?"

"추 소협은 호살귀를 자신이 죽였다고 말했어요."

하마터면 거짓말이라는 말이 입 밖으로 튀어나올 뻔한 것을 진풍은 간신히 참았다.

추상화는 호살귀를 죽이지 않았다.

호살귀의 일수도 감당하지 못 하고 바로 쓰러졌으니까.

"하지만 저는 그 말을 순순히 믿지 않아요. 추 소협은 호살귀를 감당할 수 있을 정도로 실력이 출중하지 않으니까요."

모용수린을 바라보던 진풍이 희미하게 고개를 끄덕였다.

얼굴만 예쁜 게 아니라 머리도 좋았다.

"당시에 비무대 주변에 먼지가 자욱하게 일어나서 제대로 시야가 확보되지 않았어요. 그래서 정확히 어떤 일이 벌어졌는지 알 수가 없어요. 하지만 바로 지척에 있던 서 소협이라면 알 것 같아서 이렇게 실례를 무릅쓰고 찾아왔어요. 솔직히 알려 주세요. 호살귀를 죽인 건 대체 누구죠?"

호수처럼 깊고 맑은 모용수린의 두 눈을 응시하던 진풍이 입술을 깨물었다.

마음 같아서는 내가 죽였다고 대답해 주고 싶었다.

여자들은 솔직한 남자에게 끌린다는 선만섭의 충고 때문에 더욱 그러고 싶었다.

하지만 어머니가 조금 떨어진 곳에서 묘용수린과의 대화에 귀를 쫑긋 기울이고 있다는 점이었다.

잠시 망설이던 진풍이 대답을 기다리고 있던 모용수린에게 제안했다.

"나중에 따로 만나요."

"네?"

뜻밖의 이야기에 당황한 표정을 짓고 있는 모용수린에게 진풍이 덧붙였다.

"그때는 호살귀를 누가 죽였는지 알려 줄게요."


맹호표국 내에 위치한 진풍이 발견한 명당인 정자에는 어제와 마찬가지로 이미 선객이 자리를 잡고 있었다.

심심한 듯 정자 위를 뒹굴고 있던 선객 선만섭은 진풍을 발견하자마자 반가워 죽겠다는 표정을 드러냈다.

"아우님, 왔는가?"

"네, 일찍 나오셨네요."

"여기서 머물다 보니 딱히 할 일이 없어서 말이지. 근데 표정이 안 좋군. 몸에 힘도 없어 보이고."

"그럴 일이 좀 있었어요."

"대체 무슨 일이 있었길래 그러지?"

"실은 그녀가 찾아왔어요."

"그래? 자세히 말해 보게!"

정자 바닥에 드러누워 있던 선만섭이 벌떡 몸을 일으켰다.

그리고 재촉하는 그에게 진풍이 어젯밤에 있었던 일을 간략하게 들려주었다.

턱을 어루만지며 진풍의 이야기를 경청하고 있던 선만섭

이 잠시 생각에 잠겨 있다가 입을 뗐다.

"그래서 대답을 하지 않고 돌려보냈다?"

"네."

"그리고 다시 따로 만나기로 했다?"

"맞아요."

"아우님……."

"왜 그렇게 보세요?"

"그렇게 안 보이는데…… 선수 기질이 있군."

"선수요?"

"아주 잘했다는 걸세."

진풍이 의아한 눈으로 선만섭을 바라보았다.

어젯밤에 모용수린을 그렇게 보내고 나서, 밤새 한숨도 자지 못 자고 뜬눈으로 이불 위에서 뒤척였다.

그리고 대답을 해 주지 않고 그녀를 돌려보냈던 것을 후회하고 있는 참이었는데, 선만섭은 오히려 잘했다고 칭찬을 한다.

"제가 정말 잘한 건가요?"

"물론이네."

"하지만……."

"아우님이 그리 제안했을 때 거절하던가?"

"거절은…… 안 했어요."

진풍이 나중에 따로 만나서 다시 이야기를 하자고 말했

을 때, 모용수린은 바로 고개를 끄덕였다.

그리고 내일 저녁에 백화장 근처에 위치한 홍해 객잔에서 다시 만나기로 약속까지 정했다.

"그 여자가 예고도 없이 먼저 찾아왔다고 했지?"

"그랬죠."

"그리고 다시 만나자는 제안도 거절하지 않았다고 했지?"

"네, 맞아요."

"그게 뭘 의미하는지 정말 모르겠는가?"

"……."

"그 여자가 아우님에게 호감이 있다는 걸세."

선만섭은 확신에 찬 목소리로 말했다.

하지만 진풍은 순순히 믿기 힘들었다.

"아까 설명했던 대로 그녀가 절 찾아온 이유는 당시에 벽검장에서 있었던 일에 대해서 알고 싶은 게 있었기 때문이에요."

"아우님은 참 순수하군. 아니, 멍청하다고 해야 하나?"

"무슨 소리예요?"

"핑계일세."

"핑계요?"

"아우님에게 호감은 있지만 아우님에게 접근할 마땅한 방법을 찾기 힘들었을 걸세. 물론 아우님에게 찾아가서 호감이 있다고 솔직하게 말하면 되지만, 여자들은 절대 그리하지 않지. 아마 그 여자는 기다렸을 걸세."

"뭘요?"

"아우님이 먼저 찾아와 주기를."

진풍이 두 눈을 껌벅였다.

모용수린은 정말 자신이 먼저 찾아오길 기다렸던 걸까?

선만섭의 확신에 찬 목소리를 듣고 있다 보니 정말로 그랬을지도 모르겠다는 생각이 들기 시작했다.

"그런데 아우님은 먼저 찾아가지 않았지?"

"제가 잘못한 건가요?"

"아닐세, 오히려 잘했네. 그 여자가 먼저 찾아오게 만들었으니까. 덕분에 그 여자가 아우님에게 호감이 있다는 사실을 알게 됐지 않나? 목마른 자가 우물을 파는 법이라는 격언은 남녀 관계에서도 통용되는 말이지."

"듣고 보니 그렇네요. 그럼 이제 전 뭘 어떻게 하면 되죠?"

"간단하네."

"⋯⋯?"

"가서 그녀를 만나게. 어제 내가 해 주었던 충고들은 잊지 않았겠지? 그 충고대로 하면 된다네."

물론 기억하고 있었다.

그래서 진풍이 힘차게 고개를 끄덕이자, 선만섭이 만족

스런 표정을 지은 채 덧붙였다.

"그런데 아우님이 그리 좋아하는 여자는 대체 누군가? 혹시 이름은 알고 있는가?"

"그녀의 이름은 모용수린이에요."

"모용수린이라? 이름은 예쁘군. 원래 이름이 예쁜 여자치고 얼굴까지 예쁜 여자는 드문 법…… 응? 아우님, 방금 모용수린이라고 했나?"

"맞아요."

"설마 그 모용수린은 아니겠지?"

"그 모용수린은 어떤 모용수린인데요?"

"그러니까 내가 말하는 모용수린은 강호에서도 손꼽히는 미인이자 모용세가 가주의 영애…… 아닐세. 절대 그럴 리가 없지. 그 모용수린이 아우님에게 호감을 가졌을 리가 없으니까."

비 맞은 중처럼 혼잣말을 중얼거리고 있는 선만섭을 가만히 바라보고 있던 진풍은 문득 궁금해졌다.

그래서 선만섭의 혼잣말을 도중에 자르며 질문했다.

"전에 쟁자수라고 하지 않았어요?"

"맞네. 맹호표국의 쟁자수지."

"그런데 계속 이러고 있어도 돼요?"

"무슨 말인가?"

"일은 안 하고 매일 여기 죽치고 있어도 돼요?"

그제야 말귀를 알아들은 선만섭이 씨익 웃으며 대답했다.

"아우님께서 걱정해 줄 필요는 없네. 난 일을 안 해도 되니까."

"왜요?"

"특별한 쟁자수거든."

"특별한 쟁자수요?"

"그래. 이건 아무한테도 말하면 안 되는 거지만 내 아우님에게만 특별히 일러 주지. 이리 가까이 와 보게나."

선만섭이 손짓했다.

그리고 진풍의 귓가에 작은 목소리로 비밀을 알려 주었다.

"난 쟁자수로 신분을 위장하고 있네."

"……?"

"국주님의 말을 빌리자면…… 비밀 병기라더군."

"그래요?"

"……아우님은 왜 놀라지 않나?"

자신이 당연히 놀랄 거라고 예상했던 것이 빗나가자 선만섭이 의아한 시선을 던졌다.

그 시선을 가볍게 받아넘기며 진풍이 대수롭지 않게 대꾸했다.

"나도 비밀 병기거든요."

딱히 할 일이 없었다.

진풍은 하루 종일 정자에 드러누워 시간을 때우다가 집으로 퇴근했다.

선만섭의 조언과 격려 덕분에 다행히 입맛이 조금 살아났다.

그래서 진풍이 가뿐히 두 공기를 먹어 치우고 막 세 공기째 밥을 먹으려고 할 때, 방해꾼이 나타났다.

"진풍아!"

"네, 어머니."

"어제 찾아왔던 모용세가의 그 아가씨 말이다. 어떤 것 같으냐?"

어머니가 갑자기 모용수린에게 급 관심을 드러내기 시작했다.

"예쁘죠."

"그래. 뭐 그 정도면 예쁜 편이긴 하지. 물론 이 에미보다야 조금 못 하지만."

진풍이 어이없는 표정을 지었다.

그리고 아버지도 기가 막히다는 듯한 시선을 던지고 계시다가 결국 참지 못 하고 끼어드셨다.

"당신은 눈이 없소?"

"뜨신 밥 먹다가 갑자기 무슨 쉰 소리를 하는 거예요?

그럼 당신은 지금까지 장님이랑 살았어요?"

"그게 아니라…… 당신 눈이 좀 이상하다는 뜻이었소."

"뭐가 이상한데요?"

"정말 당신이 어제 찾아왔던 모용세가의 여식보다 더 예쁘다고 생각하시오?"

"그래요."

단 한 치의 망설임도 없이 대답하는 어머니를 상대하던 아버지가 혀를 내두르셨다.

그리고 고개를 절레절레 흔들며 덧붙이셨다.

"내가 잘못 생각했소."

"당신 눈에도 역시 내가 더 예쁘죠?"

"그런 뜻이 아니오."

"그럼요?"

"당신 눈이 문제가 아니라는 뜻이었소. 양심이 문제였소."

"뭐욧?!"

어머니의 목소리가 뾰족해지자, 아버지는 금세 고개를 돌려 시선을 회피했다.

하지만 아버지는 고집이 있는 분이었다.

"양심에 털이 난 여자랑 평생을 살았어."

비록 혼잣말이긴 했지만, 기어이 하고자 하셨던 말을 마쳤다.

그런 아버지를 매섭게 노려보던 어머니는 이내 다시 진풍에게 질문을 던졌다.

"마음은 고운 것 같아?"

"글쎄요."

진풍이 모용수린을 만난 것은 겨우 두 번.

그 두 번의 만남에서도 길게 얘기를 나눠 보지 못 했다.

그래서 진풍이 모호한 대답을 꺼내 놓을 때, 어머니의 눈치를 살피던 아버지가 다시 끼어들었다.

"내가 보기엔 고울 것 같소."

"그걸 당신이 어떻게 알아요? 혹시 전에 만났던 적이 있어요?"

"그럴 리가 있겠소?"

"그런데요?"

"원래 얼굴이 예쁜 여자가 마음도 고운 법이오. 모용세가 여식의 마음은 아마 비단결처럼 고울 것이오."

"당신!"

"또 왜 그러시오?"

"무척 행복하겠네요."

"내가? 내가 왜 행복하단 말이오?"

"그야 얼굴도 예쁘고 마음도 고운 나와 함께 살았으니까."

"크흠! 당신 정말 뻔뻔하기가……."

"어쨌든 그 짧은 시간 동안 자세히도 봤네요."

"그야 뭐⋯⋯."

어머니의 매서운 공세가 이어지자 아버지는 말끝을 슬그머니 흐리며 상 위로 머리를 박으셨다.

그제야 만족스런 표정을 지은 어머니가 다시 말했다.

"에미가 보기에는 괜찮은 것 같구나."

"제 생각에도 괜찮⋯⋯."

"순풍이의 짝으로."

맞장구를 치던 진풍이 당황해서 도중에 입을 다물었다.

어머니의 입에서 전혀 예상치 못했던 말이 흘러나왔기 때문이었다.

그리고 당황한 것은 진풍만이 아니었다.

쿨럭쿨럭.

아버지도 밥알이 목에 걸려 사래가 들 정도로 당황하셨다.

"당신 또 무슨 해괴망측한 소리를 하는 거요? 모용세가의 여식과 우리 순풍이가 감히 어울린다고 생각하는 거요?"

"가만히 생각해 보니 좀 기울긴 하네요."

"당신도 아주 양심이 없진 않구려."

"우리 순풍이가 좀 아까워요."

"양심이 있긴 한데, 정말 털이 났구려."

아버지가 혀를 끌끌 차자, 어머니가 발끈했다.

"우리 순풍이가 어때서요?"

"보면 모르겠소?"

반쯤 넋이 나간 표정으로 젓가락으로 공기 속의 밥알을 깨작이고 있는 형을 바라보던 어머니가 언성을 높였다.

"잘생겼잖아요."

"고슴도치도 지 새끼는 예쁜 법이지."

"우리 순풍이는 대맹호표국의 표두잖아요. 그리고 곧 대맹호표국의 총표두가 될 인재 중의 인재예요."

"표두가 된 것도 이해가 안 가는 판국인데 총표두는 무슨!"

"당신, 아까부터 뭐라고 자꾸 중얼거리는 거예요? 입 다물고 밥이나 먹어요."

형이 맹호표국의 표두가 되고난 후, 그동안 수그러들었던 어머니의 기세는 다시 살아났다.

"순풍아!"

"……."

"내 아들 순풍아!"

"네? 네!"

"넌 어떻게 생각해?"

"뭘요?"

"네 신붓감으로 모용세가의 여식을 어떻게 생각하냐고?"

"싫은데요."

"싫어? 왜? 얼굴도 반반하고 배경도 든든한데."

"과부로 만들고 싶지 않아요."

"과부라니?"

"언제 죽을지 모르는 판국이니까요."

형은 힘없이 대답했다.

그리고 진풍은 형의 목소리에 근심이 잔뜩 깃들어 있는
이유를 알고 있었다.

맹호표국의 표두가 되고 나서 하루 동안 잔뜩 들떠 있던
형은 다음 날이 되자마자 바로 의기소침해졌다.

진풍이 이유를 묻자, 형은 겁먹은 표정으로 대답했었다.

*"표두는 표사보다 죽을 확률이 훨씬 더 높을 거 아냐."*

내가 있으니 산적들에게 맞아 죽을 걱정은 하지 않아도
된다고 위로해 주려고 했다가 진풍은 그냥 입을 다물었
다.

별 위로가 되지 않을 것 같아서였다.

어쨌든 형의 대답이 마음에 들지 않은 어머니의 두 눈에
서 새파란 빛이 막 뿜어져 나올 때였다.

콰앙!

백화장의 낡은 정문이 부서졌다.

그리고 문을 부수고 백화장으로 쳐들어오는 사내들을 확인한 형이 낯빛이 하얗게 질린 채 덧붙였다.

　"내가 그랬잖아요. 언제 죽을지 모른다고."

3장
힘 조절이 안 돼

흑오파의 수장인 지석환이 백화장의 낡아 빠진 현판을 올려다보며 미간을 찌푸렸다.

"왜 이런 한심한 짓거리에 내가 직접 나서야 하는 거지?"

짜증이 났다.

한때 백화장의 위세가 대단했던 적이 있긴 했었다.

하지만 그건 옛날 이야기.

백화장은 예전의 위세를 잃어버린 지 오래였고, 지금은 간신히 명맥만 유지하고 있는 곳이었다.

그래서 까맣게 잊고 신경조차 쓰지 않았는데, 갑자기 백화장에 대한 명령이 내려왔다.

"야, 백화장주 아들내미 이름이 뭐라고 그랬지?"

"서진풍입니다."

"서진풍이가 누군지 아는 사람?"

지석환이 질문을 던졌지만, 함께 온 일곱 명의 수하들 가운데 서진풍이 누군지 아는 놈은 없었다.

다시 말해, 전혀 이름도 없는 놈이라는 뜻이었다.

"대체 이유가 뭐야?"

지석환이 다시 불평을 터트렸다.

청해성 뒷골목을 기웃거린 지 벌써 이십 년 가까이 흘렀다.

그동안 칼침도 몇 번 맞았지만, 운이 좋아서 용케 살아남았다.

뒷골목에서 잔뼈가 굵은데다가 눈치도 빨랐던 덕분에 흑오파를 세웠고, 이제 흑오파는 청해성 뒷골목에서도 어느 누구도 함부로 건드릴 수 없을 정도로 성장했다.

하지만 그건 뒷골목 건달들 사이에서나 통하는 위세였다.

제대로 된 고수 한 명 없는 흑오파가 그나마 이만큼 버티며 성장한 데는, 청해성의 밤거리를 주름잡는 두 단체 중 하나인 적사문이 뒤를 봐준 덕분이 컸다.

그리고 지금 지석환이 수하들을 이끌고 백화장으로 찾아온 것은 적사문의 문주인 염동익의 명령이 있었기 때문이었다.

"쓰벌, 내가 이런 데나 쫓아다닐 군번이야?"

염동익의 명령을 무시할 수는 없었다.

그래서 시키는 대로 수하들을 이끌고 백화장으로 찾아오긴 했지만 기분이 상하는 것만큼은 어쩔 수 없었다.

"이유라도 알려 주든가."

지석환은 화풀이 상대로 애꿎은 백화장의 낡은 정문을 선택했다.

콰앙!

발길질 한 번을 견디지 못 하고 백화장의 낡은 정문이 부서졌다.

그리고 백화장 안으로 들어선 지석환이 두 눈을 빛냈다.

염동익에게서 받은 명령은 하나.

백화장주의 아들인 서진풍이라는 놈을 산 채로 끌고 오라는 것이었다.

그 명령만 수행하면 나머지는 무슨 짓을 하더라도 상관하지 않겠다는 뜻이었다.

'땅문서라도 건져야지.'

다 망한 백화장에 비싼 물건이나 집기가 남아 있을 리 없었다.

그나마 챙길 수 있는 건 땅문서뿐이라는 계산이 섰다.

"어떤 놈들이냐?"

지석환이 머릿속으로 막 계산을 마쳤을 때, 백화장의 장주로 보이는 중년 사내가 다가오며 소리쳤다.

"알 거 없어."

가볍게 대꾸하며 지석환이 상황을 살폈다.

백화장의 장주로 보이는 중년 사내와 그의 부인, 그리고 백화장주의 아들과 하인처럼 보이는 뚱뚱한 놈이 전부였다.

상황파악을 마친 지석환이 수하들에게 명령을 내렸다.

"야, 이 집 아들놈만 살려서 데려가고 나머진 다 죽여!"


스르릉.

아버지가 오랜만에 검을 빼 드셨다.

그러나 워낙 오랫동안 손질을 하지 않은 탓일까?

군데군데 녹이 슨 검은 검집에서 다 빠져나오지도 못하고 걸렸다.

"이게 왜 잘 안 빠지지?"

검집에 걸린 검을 빼내기 위해서 용을 쓰고 계신 아버지를 못마땅하게 바라보시던 어머니가 핀잔을 주었다.

"당신 뭐해요?"

"뭘 하긴. 저 흉악무도한 놈들에게서 우리 백화장을 지켜야 할 것 아니오?"

"어떻게요?"

"당연히 우리 백화장의 독문무공인 봉추검법으로……."

"검집에서 검도 제대로 못 빼면서 봉추검법은 무슨."

정곡을 찔린 아버지의 얼굴이 벌겋게 상기됐을 때, 어머니가 엉거주춤하게 서 있던 형에게 그윽한 시선을 던졌다.

"순풍아!"

"네? 네!"

"에미는 너만 믿는다!"

"……."

"뭘 꾸물대고 있느냐? 대 맹호표국의 표두인 너의 무서움을 저 무뢰배들에게 보여 주거라."

아까부터 겁에 질린 형은 혼이 반쯤 나가 있었다.

스르릉.

어머니의 성화를 이기지 못 하고 일단 검을 빼 들긴 했지만, 제대로 휘두르기나 할 수 있을지 의문이었다.

'어쩌지?'

진풍이 입술을 깨물며 백화장으로 찾아온 불청객들을 살폈다.

모두 합쳐 열 명 가량!

수는 꽤 많은 편이었지만 뿜어내고 있는 기도는 영 아니었다.

굳이 만호채의 산적들과 비교한다면 산적들보다도 못 했다.

하지만 아버지와 형도 미덥지 못한 것은 마찬가지였다.

결국 검을 검집에서 빼내지 못 하고 검을 다시 검집 속으

로 넣어 버린 아버지와 두 다리를 달달 떨고 있는 형에게
이 상황을 맡겨 둘 수는 없을 거 같다.

그래서 결국 나설 결심을 굳혔던 진풍이 금방이라도 불
이 뿜어져 나올 것 같은 강렬한 시선으로 형을 바라보고 있
는 어머니를 발견하고 흠칫했다.

'이거 느낌이 안 좋은데!'

진풍이 다시 망설이고 있을 때, 불청객들의 수장으로 보
이는 눈이 옆으로 쫙 찢어져 얍삽하게 생긴 사내가 손가락
질을 하며 소리쳤다.

"뭣들 하고 있어? 저 아들놈만 빼고 다 죽이라니까."

사내가 재촉하자 수하들이 다가오기 시작했다.

그리고 사내의 손가락이 슬금슬금 뒤로 물러나고 있는
형에게 향해 있는 것을 확인한 진풍이 두 눈을 빛냈다.

이유는 알 수 없었다.

하지만 우두머리로 보이는 사내는 분명히 형을 죽이지
않고 살려서 데려간다고 말했다.

다시 말해, 최악의 경우에도 형이 죽지는 않는다는 뜻이
었다.

진풍이 덜덜 떨면서 연신 뒷걸음질을 치고 있는 형에게
다가갔다.

턱!

뒷걸음질을 치다가 진풍에게 막힌 형은 화들짝 놀랐다.

휘익!

놀란 형이 휘두른 검을 고개를 숙여 가볍게 피해낸 진풍이 입을 열었다.

"나야!"

"뭐야? 깜짝 놀랐잖아!"

"형!"

"왜? 표정이 왜 그래? 무슨 말을 하려고 그런 표정을 짓고 있는 거야?"

"잠시만 여길 맡아 줘."

"지금 뭐라고 했어?"

"형이 잠시만 여길 맡아 달라고."

"그러니까 나 혼자서 저놈들과 싸우라고?"

"맞아."

"넌 뭘 하게?"

"아버지와 어머니를 안전한 곳에 대피시켜 놓고 돌아올게!"

"거짓말!"

"거짓말이라니?"

"나 혼자 남겨 두고 돌아오지 않을 생각이지?"

"걱정 마. 꼭 돌아올 테니까."

"정말이지?"

"그래. 그리고 너무 걱정하지 마!"

"왜?"

"죽지는 않을 테니까."

진풍이 금방이라도 울 듯한 표정을 짓고 있는 형을 간신히 달랬다.

"자, 모두 덤벼라. 단 그전에 이거 하나만큼은 명심하고 덤비거라. 내 검에는 자비가 없다!"

슈아악!

겁에 질려서 혼이 반쯤 나간 형은 표사 시절에 어디서 주워들은 말을 앵무새처럼 내뱉으며 검을 허공에 휘둘렀다.

그사이 진풍은 아버지와 어머니를 양 옆구리에 꼈다.

"뭐하는 게냐? 아비는 봉추검법으로 저 무뢰배들을 상대해야 한다!"

"얼른 내려놓지 못 하겠느냐?"

아직 사태 파악이 전혀 되지 않은 아버지와 어머니는 어서 내려놓으라고 소리쳤지만, 진풍은 무시했다.

부모님을 양 옆구리에 낀 진풍은 일단 자신의 방으로 들어왔다.

"이게 무슨……."

"우리 순풍이가 있는데 뭐가 무섭……."

그리고 쉬지 않고 소리치는 아버지와 어머니의 수혈을 짚었다.

두 분 모두 곤히 잠든 것을 확인한 진풍이 다시 방에서 나왔다.

그 짧은 시간을 버티지 못 하고 형은 위험에 처해 있었다.

쐐애액!

형의 머리 위로 날이 시퍼런 박도가 떨어져 내리고 있던 것이다.

뒤늦게 그 사실을 알아챈 형은 피할 엄두도 내지 못 하고 떨어져 내리는 박도를 멍하니 올려다보기만 했다.

슉!

"으아악!"

무시무시한 기세로 떨어져 내리던 박도가 형의 머리 위에서 한 치 가량 떨어진 곳에서 멈춘 것과 형이 죽음의 공포를 이기지 못하고 비명을 내지른 것은 거의 동시였다.

풀썩!

형은 두 눈을 질끈 감은 채 바닥에 쓰러졌다.

공포에 질려서 그대로 기절해 버린 것이리라.

그런 형을 보던 사내들이 낄낄대기 시작했다.

"아까 이 새끼 표두라고 하지 않았어?"

"맹호표국의 표두라고 그러던데?"

"거짓말일 거야."

"그래, 무슨 표두가 이렇게 겁이 많아?"

"겁만 많나? 싸움도 더럽게 못 하잖아. 이 새끼가 표두라면 난 총표두다."

기절한 형을 앞에 두고 낄낄대는 사내들의 앞으로 진풍이 천천히 걸어가며 입을 뗐다.

"표두 맞아."

"응?"

"표두 맞다고."

진풍이 확인해 주자 무심결에 고개를 끄덕이던 황의 사내가 인상을 썼다.

"뭐야? 이 돼지 새끼, 아까 도망친 거 아니었어? 도망갔으면 그냥 숨어서 있을 것이지 왜 돌아와? 죽고 싶어?"

"아니, 죽는 건 너희들이야."

"뭐라고?"

"어머니가 잠드셨거든."

진풍이 친절하게 설명해 주었다.

그렇지만 사내들은 제대로 알아듣는 기색이 아니었다.

"이 돼지 새끼, 너무 무서워서 머리가 어떻게 된 거 아냐?"

코웃음을 치며 소리를 지르는 사내들을 가만히 바라보던 진풍이 히죽 웃었다.

그리고 아까 방에 들어갔다가 가져온 당과를 입속으로 쏙 밀어넣었다.

출렁.

달달한 당과의 향이 입안 가득 퍼지는 순간, 진풍의 두툼한 뱃살이 흔들렸다.


"대체 어디 숨겨 놓은 거야?"

방 안을 마구 헤집은 채 뒤지고 있던 지석환이 결국 인상을 썼다.

백화장의 땅문서를 찾으러 들어왔는데, 얼마나 깊숙한 곳에 꽁꽁 숨겨 놓았는지 흔적도 보이지 않았다.

"다 끝났나?"

결국 땅문서를 찾는 것을 포기한 지석환이 밖의 상황에 귀를 기울였다.

조금 전까지만 해도 투닥거리는 소리가 나더니, 이제는 쥐 죽은 것처럼 조용하게 변해 있었다.

"어디 숨겼는지는 이 집 아들내미한테 물어봐야겠구만."

지석환이 방문을 열었다.

그리고 무심코 걸음을 옮기던 지석환이 움찔하며 멈추었다.

자신이 데리고 온 수하들이 모두 바닥에 쓰러져 있었다.

백화장의 마당에 두 발로 멀쩡히 서 있는 것은 딱 한 명.

처음 백화장에 들어섰을 때, 하인이라고 판단하고 전혀 신경을 기울이지 않았던 뚱뚱한 청년뿐이었다.

'뭐가 어떻게 된 거지?'

지석환이 두 눈을 가늘게 뜨고 상황을 살피다, 무언가 크게 잘못됐다는 것은 금세 눈치챘다.

하지만 지금 자신의 앞에 서 있는 비정상적으로 뚱뚱한 청년과 고수라는 단어는 전혀 어울리지 않았다.

"이건 설마…… 네놈 짓이냐?"

그래서 확인하기 위해서 묻자, 뚱뚱한 청년은 망설임 없이 고개를 끄덕였다.

"맞아."

"정말이냐?"

"디들 약해 빠졌너라고."

지석환이 혀를 내밀어 바싹 마른 입술을 훑었다.

지금 바닥에 쓰러져 있는 수하들은 흑오파에서도 실력이 뛰어나다고 손에 꼽히는 놈들이었다.

그렇지만 저 뚱뚱한 놈을 맞아 고작 반 각도 버티지 못했다.

즉, 저 뚱뚱한 놈이 생긴 것과 달리 대단한 고수라는 뜻일 터.

"네놈은 누구지?"

"나? 서진풍이야."

"네놈이 서진풍이라고?"

지석환이 두 눈을 치켜떴다.

당연히 아까 맹호표국의 표두라고 설치던 놈이 서진풍일

거라고 판단했었다.

하지만 그 판단은 빗나갔다.

"왜 놀라?"

"그게 아니라……."

"형이 아니었구나."

"……."

"날 찾아왔던 거였어. 맞지?"

지석환이 대답하는 대신 마른침을 꿀꺽 삼키고 있을 때, 서진풍이 히죽 웃었다.

"누군데 날 찾아온 거야?"

"내가 그걸 순순히 알려 줄 것 같으냐?"

"순순히 알려 줄 생각은 없다?"

"그래."

"그럼 방법이 없네."

"……?"

"억지로 입을 열게 만들어야지."

"흥, 그게 가능할 것 같으냐?"

스르릉.

지석환이 지체하지 않고 검을 빼 들었다.

뒷골목 생활을 이십 년 가까이 하는 동안 죽지 않고 살아남는 것은 단지 운만으로 가능한 것은 아니었다.

어느 정도 실력도 뒷받침되었기 때문에 살아남을 수 있

었다.

'수하들을 모두 쓰러트렸다고 해도 저렇게 뚱뚱한 놈이 대단한 고수일 리 없지.'

지석환이 검병을 움켜쥔 손에 힘을 더했다.

그리고 검을 허공으로 치켜 올리며 막 공격을 시작할 때였다.

출렁!

서진풍의 두툼한 뱃살이 흔들리는 소리가 귓가로 파고들었다.

그와 동시에 서진풍이 시야에서 갑자기 사라졌다.

'뭐야?'

지석환은 크게 당황했다.

목표물을 잃어버린 검을 거두어들일 때, 흔적도 없이 사라졌던 서진풍이 코앞에 모습을 드러냈다.

'말도 안 돼!'

지석환이 두 눈을 부릅뜨며 속으로 소리쳤다.

뛰는 건 물론이고, 걷는 것도 힘들어 보일 정도로 서진풍은 뚱뚱했다.

그런데 이 말도 안 되는 빠른 움직임은 대체 뭐란 말인가.

슈아악!

계속 감탄이나 하고 있을 시간이 없었다.

어느새 지척까지 다가와 있는 서진풍을 향해 지석환이 검을 내려쳤다.

하지만 검이 떨어지는 속도보다 서진풍이 다가오는 것이 더 빨랐다.

쿵!

서진풍의 어깨가 가슴에 살짝 닿은 순간, 지석환의 몸이 허공에 떠오르며 눈앞이 캄캄하게 변했다.

그리고 그걸로 끝이었다.

다시 정신을 차렸을 때는 서진풍이 눈앞에 쭈그리고 앉아 있었다.

'기절했었나?'

재빨리 상황을 파악한 지석환은 오른손이 비어 있다는 사실을 깨달았다.

비록 검은 없었지만 아직 두 주먹은 멀쩡했다.

반격하기 위해서 내력을 끌어 올렸던 지석환이 뱃속이 타 들어가는 듯한 고통으로 인해 얼굴을 찌푸렸다.

'내상을 입었다?'

내력을 끌어 올리는 것조차 불가능할 정도로 심각한 내상을 입었다는 사실을 깨달은 순간, 지석환이 두 눈을 질끈 감아 버렸다.

"깨어난 것 다 알아."

"……."

"계속 기절한 척 하고 있을 거야? 그럼 억지로 깨워야겠네. 좀 아플 거야, 아니, 많이 아플 거야. 서괴 사부가 알려 준 고문법인데 꽤 아프더라고."

툭!

서진풍의 두툼한 손가락이 허리 어림에 닿았다.

그리고 잠시 뒤, 지석환이 입을 쩍 벌렸다.

어떻게 표현하면 될까?

마치 수백 마리의 불개미떼가 일제히 혈도에 달라붙어서 물어뜯는 것 같은 끔찍한 고통이 밀려들었다.

뒷골목 생활을 하며 아차하면 죽을 정도로 큰 상처도 입어 봤고, 고문을 당해 본 적도 있었다.

하지만 단언컨대 이런 끔찍한 고통은 태어나 처음이었다.

너무 고통스러운 탓에 비명조차 새어 나오지 않았다.

그저 입만 연신 쩍쩍 벌리고 있을 때, 서진풍이 뜻밖이라는 표정을 지은 채 말했다.

"생각보다 입이 무겁네."

"……."

"조금 더 강도가 센 방법을 사용해야겠구나."

서진풍의 이야기를 듣고 있던 지석환이 두 눈을 부릅떴다.

마음 같아서는 펄쩍펄쩍 뛰면서 그런 게 아니라고 알리고 싶었다.

그냥 너무 고통스러워서 말이 안 나오는 거라고 설명해 주고 싶었지만, 지독한 고통 때문에 마비된 탓인지 손가락 하나 꿈쩍할 수 없었다.

그리고 마비된 것은 몸만이 아니라 입도 마찬가지였다.

서진풍이 묻는 것이라면 무엇이든지 대답할 준비가 이미 되어 있었는데, 입 밖으로 말이 새어 나오지를 않았다.

"조심해, 아까보다 좀 더 아플 테니까. 그리고 잘못하면 죽을 수도 있어. 내가 요새 힘 조절이 잘 안 되거든."

"……."

"저기 쓰러져 있는 그쪽 수하들도 그냥 기절만 시키려고 했는데 힘 조절이 안 돼서 죽여 버린 것 같거든."

"자…… 잠깐."

끔찍한 고통에 대한 두려움에 죽음에 대한 공포까지 더해지자 지석환이 필사적으로 입을 열다가 비명을 질러 냈다.

진풍의 손가락이 다가오는 것을 보았기 때문이었다.

"크억!"

"엄살이 심한 편이네. 아직 시작도 안 했는데."

"말하겠네."

"정말?"

"뭐든지 다 말하겠네."

"이제 말할 준비가 됐나 보지?"

지석환이 간신히 마비가 풀린 덕분에 움직이기 시작한 목을 있는 힘껏 끄덕였다.

그리고 서진풍의 마음이 변하기 전에 재빨리 소리쳤다.

"나는 흑오파의 수장인 지석환이네."

"흑오파? 정말이야?"

"물론 진짜일세."

"들어 본 적이 없는 걸 보니 큰 단체는 아닐 듯한데. 누가 시켰어?"

"그게……."

지석환이 말끝을 흐렸다.

윗선에 적사문의 문주인 염동익이 있다는 사실을 서진풍에게 순순히 털어놓는 것만큼은 자꾸 망설여졌다.

하지만 지석환의 망설임은 길지 않았다.

"계속할까?"

넌지시 입을 뗀 서진풍의 두툼한 손가락이 옆구리 쪽으로 다가오는 것을 확인한 지석환은 정신이 번쩍 들었다.

후환은 멀었고, 고통은 가까웠다.

"염 문주가 시켰네."

"염 문주?"

"적사문의 문주인 염동익이네."

"적사문?"

"설마 적사문도 모르는 건가?"

"내가 먼 곳에 나가서 살다가 여기로 돌아온 지 얼마 안 됐거든. 어쨌든 적사문이란 말이지?"

"맞네, 맞아."

"그 윗선은?"

"윗선이라니?"

"적사문의 문주라는 염 가에게 지시한 놈이 있을 것 아냐?"

"거기까진 모르네."

"정말이야?"

"사실일세, 믿어 주게."

지석환은 지금까지 적사문의 문주인 염동익이 내린 명령이라고 판단했다.

그런데 방금 서진풍의 이야기를 듣고 보니, 그게 아닐지도 모르겠다는 생각이 들었다.

'어쩌면 진짜 윗선이 있었던 게 아닐까? 누굴까?'

지석환이 필사적으로 머리를 굴리고 있는 사이, 서진풍이 히죽 웃었다.

"그건 내가 알아볼게."

"응? 그래 그게 좋겠군!"

퍽!

어느새 다가온 서진풍의 두툼한 손이 가슴을 후려쳤다.

입에서 피를 뿜으며 뒤로 날아가던 지석환의 귓가에 서

진풍이 고개를 갸웃거리며 꺼낸 말이 들렸다.

"요새 힘 조절이 안 돼. 힘 조절이!"


적사문주 염동익이 술잔을 내밀었다.

가슴을 반쯤 드러낸 기녀가 눈치 빠르게 술병을 들어 빈 잔을 채웠다.

술잔에 담긴 술을 단숨에 비우고 기녀가 젓가락으로 집어 준 안주를 우물우물 씹던 염동익이 기녀와 낄낄대고 있는 최 집사에게 물었다.

"지 가 놈은 아직 연락 없어?"

"아직인데요."

"아직이라고? 그 간단한 일을 처리하는 데 웬 시간이 이렇게 오래 걸려?"

"지석환이 욕심이 많은 건 소문이 자자하지 않습니까? 아마 돈 될 만한 걸 찾아 헤매느라 조금 늦을 겁니다."

"지가 놈은 그래서 안 돼. 푼돈에 욕심내니 클 수가 있나?"

"생긴 대로 사는 것 아니겠습니까? 그릇이 작으니 흑오파의 수장 자리에 만족하고 살고 있지 않겠습니까?"

"그건 네 말이 맞군."

"그런데 왜 그렇게 이번 일에 신경 쓰시는 겁니까?"

"이상하게 불안해서."

염동익이 다시 술잔을 내밀었다.

그리고 기녀가 채워 준 잔을 입으로 가져가며 가볍게 눈살을 찌푸렸다.

사실 불안할 것은 하나도 없었다.

백화장은 이미 망한 지 오래고, 백화장주의 아들을 데려오는 것은 전혀 어려운 일이 아니었으니.

'그런데 왜 이렇게 불안하지?'

탁!

염동익이 빈 잔을 상 위에 거칠게 내려놓을 때, 방문 밖에 서 있던 수하가 보고를 위해서 안으로 들어왔다.

"흑오파의 우두머리인 지석환이 찾아왔습니다."

"그래?"

수하의 보고를 들으며 안도의 한숨을 내쉰 염동익이 빈술잔을 다시 들어 올리려다가 멈칫했다.

방금 보고를 한 수하의 표정이 심상치 않은 것이 보였기 때문이었다.

"문주님! 그런데…… 문제가 하나 있습니다."

"뭐야?"

"지석환이 혼자 온 게 아닙니다."

"수하들을 데리고 왔나 보지?"

"그게 아니라…… 업혀 왔습니다."

"업혀 왔다고? 다쳤나?"

"네, 중상으로 보입니다."

"그럼 의원에게 가지 않고 왜 이리로 찾아왔대?"

"문주님을 만나야 한답니다."

"지가 놈이?"

"지석환이 아니라 지석환을 업고 온 자가 문주님을 만나 겠답니다."

"그 새끼가 누군데?"

"처음 보는 놈이었습니다. 그런데 아주 뚱뚱한 놈입니 다."

"이름도 몰라?"

"서진풍이라고 했습니다."

"서진풍……?"

툭.

염동익이 손에 쥐고 있던 술잔을 떨어트렸다.

지석환에게 맡긴 임무가 바로 백화장주 서만석의 아들인 서진풍을 적사문으로 데려오라는 것이었다.

엄밀히 말하면 지석환은 임무를 완수한 셈이었다.

서진풍을 적사문으로 끌고 왔으니까.

하지만 상황이 반대였다.

지석환이 간신히 숨만 붙은 서진풍을 데려올 거라 예상 했는데, 오히려 지석환이 숨만 붙은 채로 서진풍에게 업혀 서 돌아왔다.

확실히 뭔가가 잘못됐다는 생각이 염동익의 머리를 스친 순간, 방금 전까지 보고하던 수하가 입에서 피를 뿜으며 날아가서 벽에 부딪혔다.

쿵!

입에서 피를 흘리며 쓰러진 수하는 다시 일어나지 못 했다.

너무 갑작스런 상황이라 방 안에는 잠시 정적이 흘렀다.

그리고 가장 먼저 반응한 것은 기녀들이었다.

"까악!"

"까아악, 사람이 죽었어!"

"사람 살려!"

요란하게 비명을 지르며 기녀들이 방에서 도망쳤다.

"또 힘 조절에 실패했네."

그와 동시에 넓은 방이 갑자기 비좁게 느껴지게 만들 정도로 뚱뚱한 서진풍이 머리를 긁적이며 방으로 들어왔다.

챙. 채앵.

스르릉.

한쪽 어깨에 지석환을 들쳐 멘 서진풍을 확인한 수하들이 벌떡 일어나며 재빨리 검을 빼 들었다.

천천히 일어선 염동익도 검을 빼 든 채 서진풍을 노려볼 때였다.

"그 쪽이 적사문주인가?"

"내가 적사문의 문주인 염동익이다."

"제대로 찾아왔네. 날 찾았다면서?"

쿵!

서진풍이 왼 어깨 위에 들쳐 메고 있던 지석환을 던졌다.

술상을 박살내며 떨어진 지석환의 코밑에는 검게 죽은피가 말라붙어 있었다.

"네놈이 한 짓인가?"

"어, 맞아."

"손속이 독한 놈이로군!"

"서괴 사부가 알려 주더라고. 한 번 손을 쓸 때는 독하게 써야 후환이 남지 않는 법이라고."

"서괴 사부?"

"못돼 처먹은 늙은이인데 신경 쓸 것 없어. 어쨌든 혹시나 오해할까 봐 알려 주는 건데 처음부터 죽이려고 했던 건아냐."

"……."

"그냥, 요새 힘 조절이 안 돼서."

변명 같지도 않은 변명을 늘어놓으면서 히죽 웃고 있는 서진풍을 살피던 염동익이 검을 겨눈 채 소리쳤다.

"제 발로 찾아오다니 겁대가리를 상실한 놈이로구나."

"아까도 얘기했지만 후환을 남기지 않으려면 뿌리를 뽑

아야 되니까."

"흥, 네놈이 적사문을 무시하고 겁 없이 기어 들어와서 살아남을 수 있을 것 같으냐?"

"무시할 만한데."

"뭣이라?"

"산적들보다 별반 나을 것도 없어 보이는데."

"산적? 감히 우릴 비천한 산적 놈들과 비교……."

서진풍의 말에 발끈해서 소리를 지르던 염동익이 도중에 입을 다물고 마른침을 꿀꺽 삼켰다.

녹림칠십이채에 속해 있던 만호채의 산적들이 얼마 전 몰살당했다는 사실이 떠올랐기 때문이었다.

만호채의 채주인 원두엽은 고수였다.

만약 일대일로 붙는다면 승부를 장담할 수 없을 정도로 실력이 뛰어났다.

그리고 만호채의 산적들의 실력도 만만치 않은 편이었다.

'설마?'

혹시 만호채의 산적들을 몰살시킨 것이 서진풍일지도 모른다는 생각에 흠칫했던 염동익이 곧 고개를 흔들었다.

'이 돼지 새끼가 아니야. 만호채의 산적들을 몰살시킨 것은 벽검장의 후계자인 추상화라고 했었어.'

그 사실을 떠올린 염동익이 코웃음을 쳤다.

"운 좋은 줄 알아. 죽이지는 않을 테니까."

마음 같아서는 갈가리 찢어 죽이고 싶었다.

그러나 염동익에게 이번 일을 맡긴 자는 서진풍을 꼭 살려서 데려오라고 지시했었다.

그래서 딱 숨만 붙여서 데려가겠다고 염동익이 결심했을 때, 서진풍이 히죽 웃으며 입을 뗐다.

"운 좋은 줄 알아. 바로 죽이지는 않을 테니까."

"뭣이라?"

"물어볼 게 있거든."

더 이상 말장난에 놀아날 생각은 없었다.

그래서 염동익이 수하들에게 명령을 내렸다.

"저 돼지 새끼의 팔 다리 하나쯤은 잘라 내도 괜찮아. 딱 숨만 붙여서 내 앞에 무릎을 꿇려 놔!"


후우.

어깨에 들이받치자마자 입에서 피 화살을 뿜으며 뒤로 날아가는 사내를 바라보던 진풍이 한숨을 내쉬었다.

'죽일 생각까지는 아니었는데.'

힘을 조절하는 것이 쉽지 않았다.

그래서 머리를 긁적이는 사이, 염동익을 제외하면 방 안에 마지막으로 두 발로 서 있던 사내가 악착같이 박도를 휘두르며 파고들었다.

슈아악!

매서운 파공성이 일어났다.

아랫배를 노리고 파고들고 있는 박도는 빨랐다.

뒤로 물러나면서 피하기에는 너무 늦었다는 판단이 든 순간, 진풍이 제자리에서 펄쩍 뛰어올랐다.

쿠웅!

진풍이 바닥에 떨어지며 방의 구들이 꺼질 것 같은 요란한 소리가 흘러나왔다.

출렁!

동시에 진풍의 두툼한 뱃살이 흔들린 순간, 득의만만한 웃음을 짓고 있는 사내가 휘두른 박도가 아랫배로 파고들었다.

착!

하지만 사내가 휘두른 박도는 진풍의 뱃가죽을 뚫고 파고들지 못 했다.

마치 조개가 입을 다물듯이 진풍의 두툼한 뱃살이 순간 겹쳐지며 박도를 꽉 물었기 때문이었다.

박도가 제대로 파고들지 않았다는 사실을 깨달은 사내의 입가에 머물러 있던 웃음기가 흔적도 없이 사라졌다.

그리고 진풍의 뱃살에 물린 채 꼼짝달싹하지 않는 박도를 빼내기 위해 얼굴이 벌겋게 상기된 채 용을 쓰는 사내에게 진풍이 손을 내밀었다.

퍽!

손바닥으로 가볍게 가슴을 후려쳤을 뿐인데, 사내는 입에서 피화살을 뿜으며 뒤로 날아갔다.

그리고 그게 끝이었다.

벽에 부딪히고 나서 바닥에 떨어진 사내는 다시 일어나지 못 했다.

"이거 문제네, 문제야!"

두툼한 자신의 손을 내려다보던 진풍이 한숨을 내쉰 후, 염동익을 향해 고개를 돌렸다.

지금의 상황이 믿기지 않아서일까?

두 눈을 부릅뜨고 있는 염동익의 앞으로 진풍이 천천히 다가갔다.

"표정이 왜 그래? 귀신이라도 본 사람처럼."

"어떻게…… 어떻게……?"

"뭐가 궁금한데?"

"분명히 박도에 찔렸는데…… 어떻게 멀쩡한 거지?"

"아, 그거!"

염동익의 질문을 들은 진풍이 히죽 웃었다.

"살가죽이 좀 두껍거든."

"……?"

"그래서 박도도 잘 못 뚫고 들어오더라고."

"설마…… 금강불괴?"

혼자 착각하고 놀라서 입을 쩍 벌리고 있는 염동익의 반응이 재밌었다.

그래서 오해를 바로잡아 주지 않고 진풍이 물었다.

"그쪽도 덤빌 거야?"

"그야……."

"그쪽도 봤겠지만 내가 요새 힘 조절이 영 안 돼. 잘못하면 죽을 수도 있어. 그러니까 신중하게 생각해!"

진풍이 친절하게 충고해 주자, 염동익은 섣불리 달려들지 못 하고 눈동자를 이리저리 굴리며 고민에 잠겼다.

그리고 잠시 뒤, 염동익은 검을 겨눈 것도 내린 것도 아닌 엉거주춤한 자세를 취한 채 입을 뗐다.

"원하는 게 뭐냐?"

"날 찾은 이유를 알고 싶을 뿐이야."

"정말 그것뿐이냐?"

"그렇다니까."

진풍이 솔직히 대답했지만, 염동익은 순순히 믿는 기색이 아니었다.

그리고 한참을 망설이다가 입을 열었다.

"나도 몰라."

"모른다고?"

"정말이야. 지시받은 대로 했을 뿐이니까."

"점점 귀찮아지네."

진풍이 머리를 긁적였다.

어느 정도 짐작은 했었지만, 자신을 데려오라고 지시를 내린 것은 염동익이 아니었다.

또 다른 배후가 있었다.

"그럼 그쪽한테 지시한 놈은 누군데?"

"어쩔 셈이냐?"

"무슨 소리야?"

"만약 내게 지시한 사람이 누군지 알게 된다면 어쩔 셈이냐고?"

"간단해."

"……?"

"찾아가서 이유를 물어봐야지."

엉거주춤한 자세로 서 있던 염동익이 검을 내렸다.

여전히 눈동자를 이리저리 굴리던 염동익이 마침내 결심한 듯 말했다.

"알려 주지. 단 조건이 있다."

"조건이 뭐지?"

"날 살려 줘."

"그렇게 하지."

"정말이냐?"

"단 나도 조건이 있어. 나에 대한 이야기는 아무에게도 하지 마."

"……?"

"특히 우리 어머니가 아는 순간, 그쪽은 죽는 거야."

염동익의 두 눈에 의아한 감정이 깃들었지만, 진풍은 그 의아함을 풀어 주는 대신 질문을 던졌다.

"자, 이제 말해 봐. 누구야?"

4장
비밀 임무

만수객잔.

무림맹 청해성 지부장인 유성용은 청해성 지부에 용봉단의 숙소를 마련해 주겠다고 호의를 베풀었다.

하지만 모용수린을 비롯한 용봉단원들은 그 제안을 일언지하에 거절하고 만수객잔에 여장을 풀었다.

용봉단에 배정된 임무는 엄연히 비밀 임무!

괜히 여러 사람들의 이목을 끌어 봐야 좋은 것이 없었기 때문이었다.

늦은 아침 식사를 해결하기 위해 객잔으로 내려온 용봉단원들은 비밀 임무를 해결하기 위한 본격적인 회의에 돌입했다.

가장 먼저 입을 연 것은 홍대용이었다.

"오늘 새벽 비선각에서 전갈이 도착했소."

비선각은 무림맹 휘하의 정보 조직.

신분을 숨긴 채 중원 전역에 퍼져서 살고 있는 비선각의 무인들이 각종 정보를 수집하고 처리하고 있었다.

"색마 선대수의 위치를 파악했답니까?"

모용수린이 질문을 던지자, 홍대용은 아쉬운 표정으로 고개를 흔들었다.

"청해성에 잠입한 후, 행방이 묘연해졌다고 하오."

청해성은 넓었다.

작정하고 숨어 버린 색마 선대수를 찾는 것은 결코 쉬운 일이 아니었다.

그래서 비선각에 기대를 품었는데, 그 기대는 실망으로 바뀌었다.

"이제 어떡하죠?"

모용수린이 던지고 싶은 질문을 팽문호가 대신 해 주었다.

그리고 이번 질문에 어느 누구도 선뜻 대답하지 못 하고 침묵이 흐르고 있을 때, 뒤늦게 만숙객잔에 도착한 추상화가 침묵을 깨트렸다.

"걱정할 것 없습니다. 청해성은 제 고향인 만큼 훤히 꿰뚫고 있습니다. 우리 벽검장의 무인들이 색마 선대수를 찾고 있으니 곧 좋은 소식이 들어올 겁니다."

"역시 형님이 계시니 든든하네요."

"하하. 팽 아우, 이 정도 일이 무슨 대수라고."

"겸손해하실 필요 없습니다. 그럼 이제 형님께 색마 선
대수의 소식이 들어올 때까지 기다리기만 하면 되는 것 아
닙니까?"

"두 발 쭉 뻗고 편히 쉬며 기다리게. 곧 알아낼 수 있을
테니까."

추상화는 자신만만한 목소리로 말했다.

하지만 모용수린은 코웃음을 쳤다.

"저는 추 소협만 믿고 손 놓고 기다릴 수가 없군요."

"그게 무슨 소립니까? 모용 소저는 제 말을 믿지 못한다
는 말입니까?"

"추 소협은 물론 벽검장도 믿지 못 해요."

"모용 소저!"

무안을 당한 추상화의 강렬한 시선을 가볍게 받아넘기며
모용수린이 조목조목 이유를 설명했다.

"추 소협! 벽검장의 무인이 얼마나 되죠?"

"대략 일백 명이 조금 넘습니다."

"그건 딸린 식솔들까지 합친 숫자가 아닌가요?"

"맞…… 소!"

"식솔들을 제외한 순수한 무인들의 수는 약 서른 명 정

도라는 계산이 나오는데. 제 계산이 맞나요?"

"정확히 서른둘입니다."

"서른 두 명의 무인들 모두가 색마 선대수를 찾는 데 투입될 수는 없을 터. 많아 봐야 스무 명 정도가 투입됐겠군요."

"……."

"까짓 거 좋아요. 벽검장의 무인들 서른두 명이 모두 색마 선대수를 찾는 작업에 투입됐다고 치죠. 그런데 고작 서른두 명의 무인들만으로 드넓은 청해성에서 작정하고 숨은 색마 선대수를 찾을 수 있을까요?"

"그건……."

"제 계산이 틀리지 않다면 그럴 가능성은 거의 없어요."

추상화의 표정이 잔뜩 일그러지는 것이 보였다.

하지만 모용수린은 신경 쓰지 않고 다시 말을 꺼냈다.

"색마 선대수를 찾는 방식을 바꾸어야 해요."

"어떻게 말이오?"

분한 듯 콧김을 내뿜고 있는 추상화를 대신해서 홍대용이 말을 받았다.

"지금 색마 선대수에게 가장 필요한 것이 뭘까요?"

"여자!"

잠시 고민에 잠겼던 홍대용이 대답했지만, 모용수린은 고개를 흔들었다.

"색마 선대수는 지금 쫓기고 있어요. 그리고 지금까지 추적을 따돌리고 잡히지 않은 것만 봐도 절대 멍청한 자가 아니에요. 그런데 이 상황에 여자가 생각날까요?"

"그건……."

"색마 선대수에 대해서 너무 쉽게, 그리고 단순하게 생각하고 있어요. 지금 우리가 색마 선대수를 찾기 위해서는 그의 입장에서 생각해야 돼요."

모용수린의 말이 끝나자 홍대용이 수긍한 듯 희미하게 고개를 끄덕였다.

그리고 고민에 잠겼던 홍대용과 여건욱이 차례로 대답했다.

"은신처!"

"색마 선대수는 빈털터리인 상태로 아무런 연고도 없는 청해성으로 쫓겨 왔소. 내가 색마 선대수라면 돈이 가장 필요할 것 같소."

그 대답을 들은 모용수린이 희미하게 웃었다.

"모두 맞아요. 은신처도 필요하고 돈도 필요할 거예요. 그럼 색마 선대수가 가장 두려워하는 건 뭘까요?"

"자신을 쫓는 자들!"

"자신의 흔적이 드러나는 것을 가장 두려워할 것 같소만."

"맞아요. 색마 선대수는 용모파기가 나돌 정도로 얼굴이 알려졌어요. 하지만 굶어 죽지 않고 살기 위해서는 돈도 필요하고 은신처도 필요할 거예요."

"그럼 강도짓을 할 수도 있겠군."

홍대용이 두 눈을 빛내며 말했지만, 모용수린은 이번에도 고개를 흔들었다.

"그럴 가능성은 희박해요."

"왜 그리 생각하시오?"

"신원이 드러나는 것이 두려울 테니까."

"흐음!"

"방금 나온 여러 가지 의견들을 종합하면 지금 색마 선대수는 돈과 은신처가 필요한 상황이에요. 하지만 신원이 드러나는 것은 꺼려 할 테니 자신이 쉽게 드러나지 않는 숙식이 제공되는 허드렛일을 하고 있을 가능성이 높아요."

"예를 들면?"

"쟁자수 같은 일이겠죠."

짝짝짝!

모용수린의 추리가 끝나자, 어느새 흥분을 가라앉힌 추상화가 감탄한 표정으로 박수를 치고 있었다.

"대단합니다."

"……."

"혜화(慧花)! 미모가 빼어난데다가 뛰어난 지혜까지 갖추어서 혜화라고 불리는 모용 소저에 대한 세간의 평가가 전혀 과한 게 아니었습니다. 모용 소저께서 답을 찾아 주셨으니 벽검장의 무인들에게 쟁자수를 포함한 허드렛일을 하는 사람들 위주로 찾아보라고 지시하겠습니다."

"칭찬은 감사히 받겠어요."

"하하, 그렇다고 해서 우리도 손을 놓고 있어서는 안 될 일이지요. 오늘부터라도 흩어져서 색마 선대수를 찾아보는 게 좋지 않겠습니까?"

"그게 좋겠군요."

"모용 소저는 저와 함께 움직이는 것이 어떻습니까?"

추상화가 끈적한 시선을 던지며 제안했다.

"지난번 벽검장에서의 사건을 겪었으니 아시겠지만 언제 마교가 저희를 노릴지 모릅니다. 호살귀를 처리한 제가 모용 소저를 지켜드리겠습니다."

"아쉽지만 안 되겠네요."

"왜입니까?"

"선약이 있어요."

"선약요? 누구와의 약속입니까? 청해성은 초행길이라고 하지 않으셨습니까?"

마치 따지듯이 캐묻는 추상화에게 모용수린이 냉랭한 목소리로 대답했다.

"내가 그것까지 추 소협에게 밝혀야 하나요?"

"그건 아니지만……."

"그리 궁금해하니 알려 드리죠. 추 소협도 아는 분이에요."

"제가 아는 사람이라고요? 누굽니까?"

"서진풍 소협이에요."

"……왜 그런 한심한 놈과 만나시는 겁니까?"

"벽검장에서 호살귀가 암습한 상황에 대해서 자세히 알고 싶어서 약속을 잡았어요. 추 소협을 제외하면 당시 상황을 가장 가까운 곳에서 본 사람이니까요."

켕기는 게 있어서일까?

추상화가 순간 움찔했다.

하지만 그도 잠시, 추상화는 과장되게 웃으며 입을 뗐다.

"하하, 그건 벌써 말씀드리지 않았습니까? 제가 호살귀를 죽였습니다."

"저는 아직 믿지 못 해요."

"모용 소저는 의심이 참 많으시군요."

섭섭한 표정을 짓고 있는 추상화를 힐끗 살핀 모용수린이 먼저 자리에서 일어나며 한마디를 덧붙였다.

"그야 두고 보면 알겠죠."


서만석이 밥상 앞에 앉아 있는 순풍을 의심스러운 시선을 던졌다.

"정말 네가 한 일이냐?"

"뭐, 그렇다네요."

첫째인 순풍이 멋쩍게 웃으며 대꾸했지만, 서만석이 품고 있던 의심은 쉽게 사그라지지 않았다.

순풍의 실력에 대해서는 서만석이 누구보다 잘 알았다.

어쩌다 보니 지금 맹호표국의 표두 직책을 맡고 있지만, 순풍이 가진 실력만 놓고 보자면 표사도 과분했다.

그런 순풍이 어젯밤 백화장으로 몰려왔던 불청객들을 모두 물리쳤다는 말을 순순히 믿기는 어려웠다.

'만만치 않아 보이던 자들이었는데.'

의심쩍은 시선으로 순풍을 노려보던 서만석이 다시 입을 열었다.

"그놈들을 어떻게 상대했느냐?"

"잘 모르겠네요."

"네가 직접 그놈들을 상대했는데도 모른다니?"

"그게…… 기억이 잘 나질 않아요."

"……?"

"반쯤 정신이 나간 상태로 검을 이리저리 휘두르기는 했는데……."

말끝을 흐리며 바보처럼 웃고 있는 순풍을 답답하게 바라보던 서만석이 다시 질문을 던졌다.

"그건 그렇다 치고 대체 어떤 놈들인지는 알아냈느냐?"

"그것도 모르겠네요."

"모른다고?"

"그게…… 가타부타 말도 없이 갑자기 덤벼드는 바람에……."

"허허, 이리 답답한 노릇이 있나."

순풍을 바라보는 서만석의 두 눈에 의심의 빛이 점점 짙어질 때, 밥상을 차려 들어온 서문화경이 끼어들었다.

"뭘 그리 꼬치꼬치 캐물어요?"

"당신이 생각하기에도 좀 이상하지 않소?"

"이상할 게 뭐가 있어요?"

"잘 생각해 보시오. 어젯밤에 백화장으로 쳐들어온 놈들은 절대 만만치 않은 놈들이었소. 그런데 순풍이 혼자서 그놈들을 모두 물리쳤다는 게 믿기시오?"

"당연히 믿기죠."

"허허, 당신은 생각이 없소?"

"흥, 그런 당신은 무슨 의심이 그리 많아요?"

"그야 이성적으로 생각해 봤을 때 상식 밖의 일들이 많으니까……."

"당신은 그래서 안 돼요."

"그게 무슨 말이오?"

"순풍이가 누구 자식이에요?"

"그야 당연히 내 자식이오."

"그냥 당신 자식이에요? 우리 순풍이는 대맹호표국의 표두인 잘난 당신 자식이에요. 자식을 좀 믿어 봐요."

"하지만……."

"지난밤에 아무것도 한 거 없이 무서워서 기절이나 했던 사람이 무슨 말이 그렇게 많아요?"

"기절한 게 아니었소!"

"기절한 게 아니면 뭐였어요?"

"그냥…… 잠든 거였소."

서만석이 멈칫하며 변명을 꺼냈다.

하지만 스스로 생각해도 한심하기 그지없는 변명이었다.

그리고 서문화경은 순순히 넘어갈 사람이 아니었다.

"쯧쯧, 그 상황에 잠이 왔어요?"

"그런 게 아니라."

"아직 어린 아들내미한테 괴한들을 상대하도록 다 맡겨 두고 잠이 솔솔 왔단 말이죠? 당신이 아버지 자격이 있어요?"

"내가 자려고 해서 잔 게 아닌데."

"시끄러워욧! 밥이나 먹어요!"

"끄응!"

서만석이 한숨을 내쉬며 입을 다물었다.

서문화경에게 핀잔을 듣긴 했지만, 그래도 의문은 여전히 사라지지 않고 묵은 체증처럼 남아서 가슴을 답답하게 만들고 있었다.

그래서 밥공기를 노려보던 서만석이 밥상 앞에 고개를 파묻고 부지런히 수저를 놀리고 있는 진풍에게 시선을 던졌다.

"진풍아!"

"네, 아버지!"

"혹시 넌 보지 못 했느냐?"

"못 봤어요. 저는 기절했었거든요."

"그래?"

서만석이 두 눈을 가늘게 떴다.

하필 그때 기절해서 아무것도 본 것이 없다고 대답을 하는 진풍의 눈동자가 흔들리고 있었다.

그리고 서만석은 애비라서 알았다.

진풍이 어릴 적 당과를 먹은 후에 절대 먹지 않았다고 거짓말을 할 때마다 눈동자가 흔들렸다는 사실을.

"혹시……."

"혹시 뭐요?"

"후우, 아니다."

순풍이 어젯밤 백화장으로 찾아왔던 불청객들을 혼자서 처리했다는 것은 아무래도 믿기지 않았다.

그래서 어쩌면 진풍이 했던 것이 아닐까 하는 의심이 불쑥 깃들었지만, 압도적으로 뚱뚱한 진풍을 보고 있자니 그 의심은 자연스레 사라졌다.

정말 압도적으로 뚱뚱한 진풍이 고수일 가능성은 희박했
으니까.

"얼굴이 왜 그 모양이냐?"

"제 얼굴이 왜요?"

"많이 상했구나. 살도 좀 빠진 것 같고."

"그래요?"

"쟁자수 일이 많이 힘드느냐?"

"괜찮아요."

"쉬엄쉬엄 하거라. 너무 힘들면 그만두고."

서만석이 안쓰럽게 바라보며 말을 건넨 순간, 서문화경
이 두 눈에 쌍심지를 켠 채 끼어들었다.

"진풍이는 살이 좀 빠져도 돼요!"

"그렇지만 얼굴이 많이 상했잖소?"

"아직 멀었어요. 더 빠져야 해요!"

순풍이의 수저 위에 반찬을 올려 주며 따뜻한 친절을 베
푼 것과 달리 진풍이를 바라보는 서문화경의 표정은 싸늘했
다.

누가 봐도 극과 극의 대우!

그래서 진풍을 더욱 안쓰럽게 바라보던 서만석이 귓속말
을 건넸다.

"진풍아, 네 에미 때문에 힘들지?"

"아직 버틸 만해요."

"네 에미에게서 벗어날 수 있는 방법을 알려 줄까?"

"뭔데요?"

"혼인하거라."

"혼인요?"

"그래서 이 집을 나가거라."

"그런 좋은 방법이 있었네요."

두 눈을 반짝반짝 빛내며 혼인에 대한 의욕을 불태우고 있는 진풍을 바라보던 서만석의 낯빛이 이내 어두워졌다.

살에 묻혀서 제대로 드러나지 않는 이목구비, 비정상적이라고 느껴질 정도로 뚱뚱한 몸뚱이, 게다가 변변한 직업도 아닌 쟁자수인 아들.

'과연 혼인할 수 있을까?'

혼인은 혼자서 할 수 있는 것이 아니었고, 진풍이를 좋아해 줄 여자가 나타나는 것은 요원해 보였다.

당연히 진풍이가 혼인을 하는 것은 절대 쉬울 것 같지 않았다.

그래서 한숨을 내쉰 서만석이 결국 진풍에게 사과했다.

"애비가 미안하다."

"……."

"쓸데없는 말을 해서 괜히 더 힘들게 만들었구나."


퍼드드득.

요란한 날갯짓 소리와 함께 전서응이 도착했다.

정보를 다루는 마천각에 상주하다시피 하고 있는 소마뇌 허영생이 전서응의 다리에 묶여 있는 전서를 풀었다.

전서의 종류는 크게 세 가지.

전서의 색에 따라 중요도가 달랐다.

하얀색 전서는 평급.

평급 전서에는 하급 기밀로 분류된 일반적인 정보들과 지시 사항들이 적혀 있다.

파란색 전서는 지급.

지급 전서에는 중급 기밀로 분류된 정보들과 지시 사항들이 적혀 있다.

붉은색 전서는 긴급.

긴급 전서에는 상급 기밀로 분류된 아주 중요한 정보들과 지시 사항이 적혀 있다.

지금 막 도착한 것은 마교 본산에서 날아온 붉은색 전서.

오래간만에 도착한 긴급 전서였기에 허영생이 잔뜩 긴장한 채 꼬깃꼬깃 접혀 있는 전서를 펼쳤다.


**무림맹 휘하 용봉단원들의 비밀 임무 정체 파악 요.**


화르륵!

허영생이 일렁이는 촛불 앞으로 전서를 가져가 태웠다.

붉은색 전서가 재로 변한 것을 확인한 허영생이 슬쩍 눈살을 찌푸렸다.

"비밀 임무?"

무림맹 휘하 용봉단에 속한 단원들이 청해성으로 임무를 수행하기 위해 들어왔다는 것은 이미 알려져 있었다.

그리고 그들의 임무가 청해성으로 쫓겨 와서 은신한 색마 선대수를 잡기 위함이라는 것도 공공연한 비밀이라고 할 수 있었다.

"이걸 본산에서 모를 리는 없을 텐데……."

허영생이 알고 있는 정보를 신교 본산에서 모를 리가 없었다.

그럼에도 불구하고 이런 전서가 도착한 것을 보니, 용봉단이 맡고 있는 임무가 색마 선대수를 잡는 게 다가 아닐 것이라는 짐작이 들었다.

"그럼 뭐지?"

허영생이 식어 버린 차를 홀짝거리며 고민에 잠겼다.

하지만 아무런 단서도 없는 상황에서 알아내는 것은 어려웠다.

찻잔이 비었다는 사실을 깨달은 허영생이 천장과 매달려 있는 줄을 잡아당겼다.

뎅뎅.

줄과 연결된 종이 울리자마자, 마천각에 소속된 수하가

바로 안으로 들어왔다.

"무슨 일로……?"

"지금 시간이 얼마나 됐지?"

"오시(午時, 오전 11시─1시) 말입니다."

"벌써 그렇게 됐다고?"

어젯밤부터 마천각의 책상 앞에 앉아 있었으니, 반나절을 꼬박 집무실에 틀어박혀 있었던 셈이었다.

생각보다 시간이 훨씬 많이 흘렀음을 깨달은 허영생이 눈살을 찌푸린 채 수하에게 물었다.

"적사문주 염동익은 아직인가?"

"소식이 없습니다."

"그래? 대체 뭘 하느라 이리 꾸물대는 거야?"

쾅.

허영생이 주먹을 쥔 채 탁자를 내려쳤다.

신교 서열 백 위 안에 드는 절정 고수인 호살귀가 추상화를 납치하는 데 실패한 원인을 찾기 위해서 당시 근처에 있던 서진풍이라는 놈을 조사해야 했다.

그리고 허영생은 그 임무를 적사문주 염동익에게 맡겼다.

신교가 관여했다는 사실이 드러나지 않도록 하기 위한 포석이었다.

딱히 어려울 것이 없는 임무!

그래서 금세 해결될 거라 판단했다.

하지만 오시가 끝나가는 지금까지도 염동익에게서는 아무런 연락이 없었다.

찻잔을 들어 올렸다가 잔이 비었음을 깨닫고 짜증이 치민 허영생이 뭔가 할 말이 있는 것처럼 안절부절하지 못 하고 있는 수하를 발견하고 의아한 시선을 던졌다.

"왜 그래? 뭐 할 말 있어?"

"실은……."

"뜸 들이지 말고 빨리 말해. 뭐야?"

"적사문주 염동익에게서 연락이 오지 않아서 조사를 좀 해 봤더니…… 일이 좀 복잡하게 꼬인 것 같습니다."

"일이 꼬이다니?"

"흑오파의 우두머리인 지석환이 죽었습니다."

"흑오파? 지석환?"

낯선 이름들이었다.

자신은 분명히 적사문주 염동익에게 이번 일을 맡겼는데, 왜 갑자기 흑오파의 우두머리인 지석환의 이름이 흘러나온단 말인가?

그래서 의아한 시선을 던지고 있자, 수하가 우물쭈물하며 재빨리 덧붙였다.

"염동익이 지석환에게 이번 일을 지시한 것 같습니다."

"그게 뭔 소리야? 그러니까 염동익이 직접 처리하지 않고 흑오파의 지석환에게 하청을 줬단 뜻이야?"

"그렇습니다."

"이 새끼가 간덩이가 부었나!"

이런 일에 써먹으려고 지금까지 적사문의 뒷배를 봐주었다.

그리고 이번 일은 아주 중요하다가 몇 번씩이나 강조했건만, 염동익은 직접 처리하지 않고 지석환에게 떠맡기는 만행을 저질렀다.

"이 죽고 싶어서 환장한 새끼, 지금 어디 있어?"

"그게······."

"뭐야? 자꾸 꾸물거리지 말고 바로바로 대답 못 해?!"

"모르겠습니다."

"몰라?"

"사라졌습니다."

"사라졌다고?"

"그리고 적사문의 수뇌부들이 죽었습니다."

"그건 또 무슨 소리야? 염동익이 뒈졌다고?"

"그건 아직 확실하지 않습니다. 염동익의 사체는 발견되지 않았습니다."

"도대체 뭐가 어떻게 돌아가는 거야?"

허영생이 거칠게 콧김을 내뿜었다.

다 망한 백화장에서 서진풍이라는 놈을 잡아서 데려오는 것은 간단하기 그지없는 일이었다.

그런데 이 간단한 일이 복잡하게 꼬여 버렸다.

그리고 이번 일의 전말을 알기 위해서는 사라진 염동익을 찾는 것이 급선무였다.

"간덩이가 부은 염 가 놈을 얼른 찾아서 내 앞에 데려와!"

"알겠습니다. 그런데……."

"또 뭐야?"

"서진풍은 어떻게 할까요?"

"그 새끼는 일단 놔둬. 우선 염가 놈부터 찾아."

수하에게 명령을 하달한 허영생이 한숨을 내쉬었다.

신교 청해지단의 단주인 척운경은 성격이 급한 편이었다.

서진풍을 데려오는 간단한 일이 복잡하게 꼬여 버린 것을 알면 그냥 순순히 넘어가지 않으리라.

'또 한 소리 들을 텐데!'

허영생이 혀를 내밀어 바싹 말라 버린 입술을 훑었다.

그나마 다행인 것은 다른 일은 제대로 진행되고 있다는 것이었다.

"천살귀는 지금 뭘 하고 있지?"

"모용수린의 뒤를 따르고 있습니다."

"천살귀가 나섰으니 이번엔 확실히 처리하겠지?"

천살귀는 마교 서열 오십 위 안에 드는 초절정 고수.

지난번 임무에 실패하고 죽은 호살귀보다도 훨씬 더 대

단한 고수였다.

그런 그가 모용수린을 납치하는 일을 실패할 일은 없었다.

"변수가 절대 없어, 변수가."

모용수린을 납치하는 것만 성공한다면, 일단 시간을 벌 수 있으리라.

그사이 염동익을 찾고, 서진풍을 다시 데려온다면 모든 것이 해결되는 셈이었다.

"자, 그럼 느긋하게 기다려 볼까?"

허영생이 한쪽 입꼬리를 말아 올렸다.


모용수린이 창밖으로 시선을 던졌다.

홍해객잔에서 식사를 하고 있는 장사치로 보이는 사내들이 흘끔거리며 던지는 시선이 부담스러웠기 때문이었다.

"진짜 예쁜데?"

"인정! 내가 지금까지 살면서 본 여자 중에 제일 예쁘다."

"혼자 온 것 같은데. 합석하자고 얘기해 볼까?"

"야, 넌 눈을 멋으로 달고 다니냐? 저 여자가 앉아 있는 탁자에 놓인 잔이 두 개인 거 안 보여? 누굴 기다리고 있는 거잖아."

"사내겠지?"

"그렇겠지."

"저렇게 예쁜 여자랑 만나는 새끼는 대체 어떤 놈일까?"

"겁나 잘생겼겠지."

"돈도 많고?"

"무공도 강할 거야."

"집안 배경도 빵빵할걸."

"쓰벌!"

"더러운 세상!"

"그나저나 진짜 싸가지 없는 놈이다. 저렇게 예쁜 여자를 감히 기다리게 하다니."

"요새 여자들은 나쁜 남자를 좋아한다잖아."

"나쁜 새끼. 죽이고 싶다."

조금 떨어진 탁자에 앉은 두 젊은 사내가 아까부터 자신을 힐끔거리며 작은 목소리로 소곤거렸다.

굳이 귀를 기울이지 않았음에도 불구하고, 사내들이 나누는 대화 소리는 고스란히 모용수린에게 들렸다.

그들의 이야기를 듣던 모용수린이 픽 웃음을 터트렸다.

지금 소곤거리고 있는 두 사내들의 예상은 거의 다 빗나갔다.

모용수린이 만나기로 약속한 서진풍은 잘생긴 편이 아니었다.

살에 묻혀 이목구비가 흐릿해서 못생긴 축에 속했다.

그리고 쟁자수의 월봉이 얼마나 될까?

서진풍은 돈도 없었다.

게다가 배경도 든든하지 못 했다.

모용수린이 직접 찾아가 봤던 백화장에는 하인 한 명 찾아볼 수 없었다.

그래서 픽 웃으며 생각에 잠겼던 모용수린이 앞에 놓인 잔을 들었다가 내려놓았다.

엽차가 들어 있던 잔은 어느새 비어 있었다.

그리고 그 사실을 깨달은 순간, 누군가와 약속을 한 후 기다린 것이 이번이 처음이라는 사실을 알게 됐다.

"좀 늦네……."

모용수린이 점소이에게 다시 엽차를 부탁할 때였다.

쿵쿵쿵.

지축이 울릴 듯한 커다란 발소리가 들렸다.

딸랑.

잠시 뒤 홍해객잔의 문이 열리고 서진풍이 들어섰다.

단지 들어서는 것만으로도 홍해객잔의 내부가 비좁게 느껴질 정도로 뚱뚱한 서진풍을 발견한 모용수린이 반갑게 손을 들려고 했을 때였다.

"저게 사람이야? 돼지 새끼야?"

"두 발로 걸어서 돌아다니는 것만 해도 용하다."

"누군지 몰라도 불쌍하다."

"왜?"

"왜긴? 저렇게 뚱뚱한데 여자나 만날 수 있겠어?"

"하긴 그렇네."

"내가 장담컨대 여자 손도 못 잡아 봤을 거야."

"낄낄!"

"그리고 앞으로도 평생 여자를 못 만날걸."

아까 사내들이 나누는 대화 소리가 다시 들리기 시작했고, 모용수린이 고개를 돌려 그들을 바라보았다.

서진풍을 바라보며 비웃고 있던 사내들은 자신과 눈이 마주치자마자 호들갑을 떨기 시작했다.

"봤냐? 저 예쁜 여자가 날 쳐다봤어."

"이 자식아, 입은 뚫어져도 말은 바로 해야지. 날 본 거잖아."

"뭔 헛소리야? 날 본 거라니까?"

"날 봤다니까!"

"그럼 저 예쁜 여자가 너한테 관심이 있다는 소리야?"

"맞다니까!"

"웃기고 있네. 차라리 저 돼지 새끼한테 관심이 있다면 모를까?"

"아, 자식이 진짜. 저 돼지 새끼하고 날 감히 비교해?"

기생오라비처럼 생긴 사내들이 투덕거리고 있을 때, 서진풍이 앞으로 다가왔다.

"좀 늦었죠?"

미안한 기색으로 말을 꺼내는 서진풍을 향해 희미하게 웃어 준 모용수린이 아까 사내들을 힐끗 살폈다.

서진풍이 뚱뚱한 것은 사실이었다.

그렇지만 사람의 외모만을 잣대로 판단을 내리고 비하하는 사내들의 태도가 아까부터 마음에 들지 않았다.

도저히 믿기지 않는다는 표정을 짓고 있는 사내들을 바라보다 보니 불쑥 장난기가 발동했다.

"왜 이렇게 늦었어요?"

"오는 도중에 길을 헤매는 바람에……."

"날 보고 싶지 않았어요?"

"네?"

"난 보고 싶었는데."

생긋 웃으며 그 말을 던진 모용수린이 사내들을 살폈다.

반쯤 혼이 나가 있던 사내들은 아예 입을 쩍 벌리고 있었다.

영문을 몰라서 엉거주춤하게 서 있는 서진풍의 곁으로 다가간 모용수린이 마지막 결정타를 날렸다.

"어서 가요. 하고 싶은 얘기가 많으니까."

털썩.

모용수린이 서진풍의 팔짱을 다정하게 끼자마자 사내들은 충격을 이기지 못하고 바닥에 주저앉았다.

그리고 충격은 받은 것은 사내들만이 아니었다.

부르르.

모용수린이 팔짱을 끼자마자 서진풍의 신형이 떨렸다.

"괜찮아요?"

뭔가 심상치 않음을 느낀 모용수린이 재빨리 물었다.

"네, 네! 괜찮아요."

서진풍은 바로 괜찮다고 대답했다.

하지만 모용수린이 보기에는 전혀 괜찮아 보이지 않았다.

동공은 풀리고, 다리도 후들거리고 있었다.

"신짜 괜찮아요?"

"정말 괜찮다니까요."

억지로 웃으며 대답하는 서진풍을 바라보던 모용수린이 당황한 표정을 지었다.

"저기……."

"왜요?"

"코에서 피가 나요."

"피가 나요?"

"……."

"정말이네."

서진풍이 소매를 들어 코밑에 묻어 있는 피를 슥 닦으며 혼잣말을 중얼거렸다.

"동괴 사부 말이 맞았네."

동괴 사부는 말했다.

강호에 나가거든 어린아이와 노인, 그리고 여자를 조심하라고.

그러면서 진풍에게 신신당부했다.

특별히 여자를 더 조심하라고.

진풍이 소매에 묻어 있는 검게 죽은피를 내려다보며 한숨을 내쉬었다.

코피가 난 것은 이번이 두 번째였다.

처음으로 코피를 흘린 것은 기련산에서 사부들과 함께 지낼 때였다.

고금제일 교수를 만들어 주겠다는 동괴 사부의 사탕발림에 넘어가서 기련산 꼭대기로 끌려온 지 몇 년이 흘렀지만, 진풍이 배운 것은 별게 없었다.

대부분의 시간을 사부들의 뒤치다꺼리와 허드렛일을 하느라 보냈다.

그래서 불만이 점점 쌓여 가고 있을 때, 북괴 사부의 방에 모여 있던 사부들이 나누는 대화 소리가 진풍에게 들려왔다.

"역시 고금제일."

"명불허전. 고금제일이 틀림없구나."

"이걸 언젠가 저 녀석에게도 보여 줘야 하지 않겠습니까?"

"무슨 소리. 진풍이에게는 이걸 절대 보여서는 안 된다!"

그 이야기를 듣는 순간, 귀가 솔깃했다.

그리고 의심이 들었다.

사부들이 지금 모여서 보고 있는 것은 고금제일이라 불러도 마땅한 무공 비급이 아닐까 하는.

진풍은 서두르지 않고 기회를 엿봤다.

그렇게 기회를 엿본 지 약 보름가량 흘렀을 때, 사부들이 초옥을 비웠다.

마침내 기회가 찾아왔음을 직감한 진풍은 북괴 사부의 방으로 잠입을 감행했다.

방 안을 뒤지기를 한참, 진풍은 옷장 깊숙한 곳에 꽁꽁 숨겨 놓은 고금제일 비급으로 추정되는 서책을 찾는 데 성공했다.

"이제 고금제일의 고수가 될 수 있겠구나!"

한 치의 의심도 하지 않은 채 진풍은 서책을 펼쳤다.

그런데 서책은 비급이 아니었다.

첫 번째 장을 펼치자마자 보인 것은 환하게 웃고 있는 젊은 여인.

비록 그림에 불과했지만, 풀어헤친 섬단 같은 긴 머리카락은 찰랑거리며 허리까지 늘어트려져 있고, 살짝 물기를 머금은 듯한 두 눈은 맑은 호수처럼 투명하면서도 요염하게 빛나고 있었다.

초승달처럼 휘어진 눈썹과 크지도 작지도 않은 딱 적당한 크기의 붉은 입술은 방금 침이라도 묻힌 듯 번들거렸다.

입술 왼쪽 아래에 깨알 만한 자그마한 점이 박혀 있었지만, 그것은 전혀 흠으로 느껴지지 않았다.

오히려 여인에게 신비감을 더해 주고 있었다.

반쯤 넋이 나간 채로 여인의 얼굴을 바라보고 있던 진풍은 마치 뭔가에 홀린 사람처럼 책장을 넘겼다.

꿀꺽.

그리고 다음 장을 펼치자마자 진풍은 마른침을 삼켰다.

분명히 첫 번째 장에서 보았던 여인과 동일인이었다.

그런데 아까와 달리 졸린 사람처럼 두 눈을 게슴츠레 뜨고 살짝 입술을 벌리고 있었다.

변한 것은 그것뿐인데, 분위기가 전혀 달랐다.

마치 다른 사람인 것처럼.

옷차림도 조금 달랐다.

붉은 궁장을 제대로 갖춰 입고 있던 첫 번째 장과 달리, 이번에는 궁장이 아래로 살짝 흘러내려 있었다.

붉은 궁장과 비교가 되어서인지 백설처럼 하얀 속살에 시선이 한 번 머문 다음, 의지와 상관없이 떨어지지 않았다.

살짝 튀어나와 있는 눈부신 쇄골을 따라 시선을 천천히 내리던 진풍이 혀를 내밀어 바싹 마른 입술을 훑었다.

이유는 모르겠지만 갈증이 치밀었다.

그래서 다시 마른침을 꿀꺽 삼키던 진풍의 손은 자신도 모르는 사이 어느새 또 한 장의 책장을 넘기고 있었다.

"헙!"

그리고 다음 장을 펼치자마자 진풍이 헛숨을 들이켰다.

아까까지만 해도 게슴츠레하게 뜨고 있던 여인의 두 눈에서 초점이 사라졌다.

뇌쇄적인 눈빛.

달라진 것은 그뿐이 아니었다.

섬섬옥수라 불러도 좋을 희고 긴 손가락을 살짝 벌리고 있는 입속에 넣고 쪽쪽 빨고 있었다.

마지막으로 가장 결정적인 변화는 여인이 입고 있던 붉은색 궁장이 좀 더 아래로 내려갔다는 것이다.

숨 막힐 듯한 쇄골을 거쳐 서서히 아래로 내려오던 진풍의 시선이 봉긋하게 솟아올라 있는 젖가슴에서 멈추었다.

눈도 깜박이지 않고 한참을 노려보던 진풍이 아랫배에서 갑자기 열기가 치밀어 오르는 것을 느끼고 당황한 표정을 지었다.

'왜 이래?'

하지만 그보다 몇 배나 더 당혹스런 상황이 이어서 벌어졌다.

아랫배에서 치밀어 오르던 열기는 마치 기다렸다는 듯이

머리 쪽으로 올라갔다.

순식간에 머리가 아득해지며 지끈거렸다.

그와 동시에 코밑이 찝찝한 기분이 들었다.

뭔가가 흐른다는 느낌에 손가락으로 코를 스윽 문지르자, 붉은 피가 묻어 나왔다.

"쌍코피?"

붉은 피가 묻어 있는 손가락을 멍하니 바라보던 진풍의 시선이 여전히 뇌쇄적인 웃음을 짓고 있는 여인에게로 향해 있을 때였다.

뚝. 뚝.

코피가 펼치고 있던 책장 위로 떨어졌다.

그리고 두 방울의 코피가 떨어진 위치는 하필이면 봉긋하게 솟아 있는 두 개의 젖가슴 위였다.

당황한 진풍이 급히 소매를 들어 코밑을 문질러 닦았지만, 이미 책장 위에 코피가 떨어진 후였다.

'어쩌지?'

너무 갑작스레 벌어진 일이라 잠시 정신이 멍했다.

하지만 어떻게든 수습해야 한다는 생각이 든 진풍은 엉겁결에 책장 위에 떨어진 피를 혀로 닦아 내기로 결심했다.

하늘에 맹세하지만 다른 의도는 없었다.

진풍이 피가 떨어진 여인의 가슴 위로 입을 가져가 혀를 내밀었을 때, 갑자기 닫혀 있던 방문이 열렸다.

벌컥.

"너 지금 뭐하냐?"

방문이 열리고 고개를 들이민 것은 북괴 사부였다.

너무 놀란 탓일까.

진풍은 그 자세 그대로 얼어붙어 버렸다.

두 눈만 들어서 북괴 사부를 빤히 바라보며 어색한 표정
을 지었다.

"그러니까…… 제가 뭘 어떻게 하려고 하는 게 아니고
갑자기 코피가 나기 시작해서 어떻게 해야 할까 고민을 하
다가……."

"그러다가 죽는다."

"네? 그림 좀 봤다고 죽는다는 건 좀……."

"진짜 죽는 수가 있다."

처음에는 북괴 사부가 장난으로 겁을 주려던 것인 줄 알
았다.

하지만 장난이 아니었다.

코피가 난 후 사흘 밤낮은 진풍은 심하게 앓았다.

"네놈은 진원진기가 손상된 탓에 심한 자극을 받게 되면
심맥이 파열돼서 죽을 수가 있다. 명심하거라."

그날의 일 이후 진풍은 한 번도 코피를 흘린 적이 없었
다.

그런데 모용수린이 팔짱을 끼고 그녀의 봉긋한 가슴이

팔에 살짝 닿는 순간 코피가 터져 버렸다.


"코피 따윈 아무것도 아니에요."

진풍이 맞은편에 앉아 있는 모용수린에게 대수롭지 않게 말했다.

하지만 모용수린의 얼굴에서 미안함과 걱정스런 기색은 사라지지 않았다.

"내가 괜한 짓을 하는 바람에. 미안해요."

"아니에요, 나도 좋았어요."

"그런데 혹시 어디 안 좋은 거 아니에요?"

"정말 괜찮다니까요."

며칠만 앓아누우면 된다는 말은 일부러 하지 않았다.

그리고 앞에 놓인 차를 한 모금 마신 진풍이 기억을 더듬었다.

오늘 모용수린과의 만남을 앞두고 선만섭의 도움을 받으며 나름대로 만반의 준비를 갖추었다.


"약속 시간보다 조금 늦게 도착하도록 하게. 여자보다 더 일찍 도착해서 기다려야 하는 게 아니냐고? 쯧쯧, 그건 여자를 모르는 놈들의 생각이지. 지금 목이 더 마른 게 누군가? 늦게 도착해서 애간장이 타게 만들어야 해."

도중에 길을 잃었다는 것은 거짓말이었다.

진풍은 벌써 반 시진 전에 홍해객잔 근처에 도착했음에도 불구하고, 일부러 주변을 배회하며 시간을 흘려보냈다.

나름 첫 단추를 잘 뀄다고 생각했는데, 모용수린의 돌발 행동으로 인해 갑자기 코피가 터져 나오는 바람에 계획에 차질이 생기기 시작했다.

"몸이 많이 안 좋으면 다음에 다시 만날까요?"

"그럴 필요 없어요. 바로 본론으로 들어가죠."

진풍이 식은땀을 흘리며 대답하자, 모용수린이 희미하게 고개를 끄덕인 후 바로 질문을 던졌다.

"지난번에도 말씀드렸지만 당시 비무대 위에서 벌어졌던 상황에 대해서 알고 싶어요. 정말 추 소협이 호살귀를 죽였나요?"

"상화가 죽인 게 아니에요."

"역시 그랬군요."

"상화는 호살귀의 일수도 감당하지 못 하고 쓰러졌죠."

"그럼 대체 누가 호살귀를 죽였나요?"

"내가 죽였어요."

"서 소협이 호살귀를 죽였다고요?"

"맞아요."

도저히 못 믿겠다는 듯 두 눈을 부릅뜨고 있는 모용수린의 반응을 살피던 진풍이 어질어질한 머리를 흔들며 선만섭의 충고를 떠올렸다.

"여자가 뭘 묻던 간에 솔직하게, 또 자신 있게 대답하게. 여자들이란 거짓말을 하는 남자에게는 질색하는 법이니까. 이때 중요한 게 있네. 자신만만하게 대답하는 것은 좋지만 건방지다는 느낌을 풍겨선 안 되네."

마교의 절정 고수라고 알려졌던 호살귀였지만, 별로 강하다는 느낌은 못 받았다.

물론 방심한 탓도 있었겠지만, 호살귀는 진풍의 어깨에 가슴을 들이받고 즉사했다.

하지만 선만섭의 충고대로 진풍은 겸손하게 말했다.

"운이 좋았어요."

"아무리 운이 좋았다고 해도 호살귀를 서 소협이 죽였다는 것은……."

"믿기지 않아요?"

"솔직히 믿기 어렵네요."

사실대로 털어놓는 모용수린에게 진풍이 대꾸했다.

"그게 사실이에요."

"하지만……."

"증명하고 싶지만 호살귀는 이미 죽었으니 방법이 없네요."

"지난번에 서 소협은 쟁자수라고 하지 않았나요?"

"맞아요. 맹호표국의 쟁자수죠."

진풍의 대답을 들은 모용수린이 고개를 갸웃거렸다.

"잘 이해가 안 가네요."

"뭐가요?"

"서 소협이 호살귀를 죽일 수 있을 정도의 고수라면 대체 왜 표두나 표사가 아니라 쟁자수를 하고 있죠?"

"그건…… 개인적인 사정이 있긴 때문이에요."

여전히 의심쩍은 시선을 던지고 있는 모용수린을 바라보던 진풍이 다시 서만섭의 충고를 기억해 냈다.

*"여자와 가장 빨리 친해질 수 있는 방법이 뭔지 알려 줄까? 두 가지 방법이 있네. 하나는 함께 위기에 처하는 걸세. 위기의 순간에 아우님이 나서서 여자를 구해 주는 거지. 나머지 하나의 방법은 비밀을 만드는 걸세. 두 사람만이 공유하고 있는 비밀이 생기면 자연스레 친근감이 생기거든."*

진풍은 선만섭의 충고를 충실히 따랐다.

그래서 은근한 목소리로 운을 뗐다.

"이건 비밀인데……."

"무슨 비밀이죠?"

"난 보통 쟁자수가 아니에요."

"······?"

"조금 특별한 쟁자수죠."

"특별한 쟁자수?"

"맹호표국의 운명을 손에 쥐고 있는 비밀 병기. 그러니까 이건 절대로 다른 사람들에게 알려져서는 안 돼요."

엉겁결에 고개를 끄덕이고 있는 모용수린을 바라보던 진풍이 히죽 웃으며 이마에 맺힌 식은땀을 닦아 냈다.


*"마지막으로 하나 더. 용건이 끝났으면 괜히 미적거리지 말고 미련 없이 일어나게. 아쉬움을 남겨야만 다음에 대한 기대가 더 커지는 법이니까."*


진풍이 자리에서 일어났다.

선만섭의 충고도 충고였지만, 아까부터 오한이 찾아오고 머리가 지끈거리는 통에 더 오래 앉아 있기 어려웠다.

"대충 할 얘기는 끝난 것 같으니 그만 가죠."

"네? 네!"

"그럼 나 먼저 갈게요."

엉거주춤한 자세로 서 있는 모용수린을 일별한 진풍이 후들거리는 다리에 힘을 준 채 먼저 홍해객잔을 빠져나왔다.

하지만 바로 백화장으로 돌아가지는 않았다.

홍해객잔을 빠져나온 모용수린이 걸음을 옮기기 시작했고, 진풍이 몰래 그 뒤를 따르기 시작했다.

5장
천살귀

'서 소협이 호살귀를 죽였다?'

모용수린이 천천히 걸음을 옮기며 서진풍과의 만남을 반추했다.

뭔가에 홀린 것 같은 짧고 강렬했던 만남이 끝났지만, 모용수린이 품고 있던 의문은 해결되기는커녕 더욱 커졌다.

서진풍은 호살귀를 죽인 것이 바로 자신이라고 말했다.

하지만 모용수린은 그 말을 순순히 믿기 어려웠다.

서진풍은 마치 대단한 비밀인 양 특별한 쟁자수라고 밝혔지만, 그래 봐야 쟁자수는 쟁자수일 뿐이니까.

일개 쟁자수가 절정 고수인 호살귀를 죽였다?

이건 말도 안 되는 소리였다.

그래서 더 확인하고 싶은 게 많았지만, 서진풍은 그럴 시간을 주지 않고 먼저 일어나 버렸다.

"그러고 보니 이런 경험도 처음이네."

약속 시간에 자신보다 늦게 도착한 사내도, 그리고 용건이 끝나자마자 먼저 일어난 사내도 서진풍이 처음이었다.

확실히 지금까지 만났던 사내들과는 다르다는 생각을 하며 걷고 있던 모용수린이 걸음을 멈추었다.

깊이 생각에 잠긴 채 걷다 보니 인적이 드문 외진 골목으로 들어서 있었다.

그리고 짙은 어둠에 잠긴 골목 끝에 정체를 알 수 없는 흑의인이 서 있었다.

'살기?'

스르릉.

흑의인이 뿜어내는 강렬한 살기를 느낀 모용수린이 바로 경계 태세를 취하며 허리에 걸려 있던 검을 빼 들었다.

"누구냐?"

모용수린이 질문했지만 흑의인은 대답하는 대신 천천히 앞으로 다가왔다.

흑의인의 기세가 심상치 않음을 느낀 모용수린이 마른침을 꿀꺽 삼키며 검병을 쥔 손에 힘을 더할 때였다.

"소문대로 반반한 년이구나."

흑의인의 퀭한 두 눈에 욕정의 빛이 스치고 지나갔다.

그러나 모용수린은 그 음흉한 시선에 당황하지 않고 흑의인의 정체를 알아내기 위해 애썼다.

'키는 육 척, 병기는 단검 두 자루, 왼쪽 뺨에 남은 흉터, 그리고 오른손 등 위에 그려진 전갈 문신이라면…….'

필사적으로 기억을 더듬던 모용수린이 눈살을 찌푸리며 입을 열었다.

"천살…… 귀!"

"호오! 반반한데다가 머리까지 똑똑한 년이로구나."

천살귀는 마교 서열 오십 위 안에 드는 고수.

무공 수위는 절정과 초절정의 경계에 서 있다고 알려져 있었다.

반면 모용수린은 막 절정의 초입에 들어선 단계.

일대일로 대결할 경우 천살귀를 감당하는 것은 불가능에 가까웠다.

'방심했어!'

모용수린이 자책했다.

추상화를 노리고 호살귀가 벽검장으로 찾아왔던 것을 봤으니, 좀 더 조심하고 주의를 기울였어야 했다.

"무슨 일로 날 찾아온 겁니까?"

낭패한 기색을 애써 드러내지 않은 채, 모용수린은 천살귀가 이곳을 찾은 이유를 파악하기 위해서 질문을 던졌다.

"네게 묻고 싶은 게 있어서."

'묻고 싶은 게 있다?'

천살귀의 대답을 들은 모용수린이 두 눈을 빛냈다.

자신에게서 알아낼 것이 있으니 당장 죽일 수는 없으리라.

즉, 천살귀는 자신을 살려서 데려가기 위해 찾아온 것이었다.

혜화라는 별호답게 재빠르게 상황 분석을 마친 모용수린이 땀이 흥건하게 고인 손으로 검병을 고쳐 쥐었다.

생사결이라면 무조건 패배였다.

하지만 천살귀는 현재 자신을 죽여서는 안 되는 상황!

그래서 한 번 해볼 만한 상황이라는 판단을 내린 순간, 천살귀가 속내를 읽은 듯 코웃음을 쳤다.

"반반한 얼굴에 상처를 남기지 않으려면 순순히 따라오는 것이 좋을 게다."

"……."

"어차피 숨만 붙여서 데려가면 되는 상황이니까."

경험 많은 노고수답게 천살귀는 모용수린의 생각을 재빨리 알아챘다.

속내를 들킨 모용수린이 답답한 한숨을 내쉬며 내력을 끌어 올렸다.

순순히 끌려갈 수는 없는 노릇.

최선을 다해서 천살귀와 맞서야 했다.

"낄낄, 기어이 덤비겠다는 심산이로구나. 어디 한 번 발악해 보거라."

천살귀가 말을 마치기 무섭게 신법을 펼쳤다.

쐐, 쐐액.

순식간에 거리를 좁힌 천살귀가 양손에 쥔 단검을 교차시키며 매섭게 휘둘렀다.

간발의 차로 단검을 피해 낸 모용수린이 신형을 회전시키며 검을 뻗었다.

쩌엉.

천살귀의 가슴을 노리고 파고든 모용수린의 검은 빠르고 날카로웠지만, 천살귀의 방어가 더 빨랐다.

천살귀는 왼손에 든 단검으로 검을 막자마자, 오른손에 든 단검으로 공격을 시작했다.

쐐애액!

짧은 단검이 빠르게 어깨를 스치고 지나갔다.

파핫!

어깨에 입은 상처에서 흘러나온 피가 모용수린이 입고 있던 백의무복을 적셨다.

얕지 않은 상처를 돌보며 지혈하는 대신, 모용수린은 이를 악물고 한 걸음을 앞으로 내딛었다.

고통을 참고 일보를 내딛은 덕분에 천살귀와 모용수린 사이의 거리는 약 세 걸음.

덕분에 모용세가가 자랑하는 섬광분운검을 펼치기에 최적의 거리가 만들어졌다.

섬광분운검!

구름을 가를 정도로 빠르다는 쾌검이 모용수린의 손에서 펼쳐졌다.

슈아악!

아래로 늘어트리고 있던 검이 움직였다 싶은 순간, 검극은 순식간에 천살귀의 목을 베고 지나갔다.

'성공했다!'

검병을 쥔 손에 전해지는 묵직한 느낌!

그래서 천살귀를 베었다고 확신하고 있던 모용수린이 두 눈을 부릅떴다.

쓰러져야 할 천살귀가 시야에서 사라졌다.

그런 후 등 뒤에서 살기가 느껴졌다.

"건방진 년!"

뒷덜미에 가해지는 둔중한 충격!

모용수린이 중심을 잃고 바닥에 쓰러졌다.

"곱게 따라오라고 하지 않았더냐?"

모용수린이 자꾸 감기려고 하는 두 눈에 힘을 준 채 천살귀를 올려다보았다.

섬광분운검으로 천살귀를 벤 것은 맞았다.

하지만 모용수린의 검은 원래 목표였던 천살귀의 목이

아니라 어깨를 베고 지나간 것에 그쳤다.

'끝이야!'

섬광분운검을 펼치느라 이미 내력은 바닥난 상황.

게다가 뒷덜미에 받은 충격 때문에 자꾸 정신이 혼미해졌다.

그때였다.

쿵쿵쿵.

지축이 울리는 듯한 요란한 발소리가 들려온 것은.

'서 소협?'

모용수린이 다시 두 눈에 힘을 준 채 살피자, 창백한 얼굴로 식은땀을 뻘뻘 흘리며 달려오는 서진풍의 모습이 보였다.

"저 돼지 새끼는 또 뭐야?"

천살귀가 귀찮은 목소리로 물었지만, 서진풍은 대답하지 않았다.

"괜찮아요?"

대신 자신에게 질문을 던졌다.

괜찮다고 대답하려고 했지만 입안에서 맴돌기만 할 뿐, 말이 되어 입 밖으로 새어 나오지 않았다.

그래서 답답한 표정을 짓고 있을 때, 서진풍이 두 주먹을 말아 쥐며 소리쳤다.

"조금만 기다려요. 내가 저 나쁜 놈을 금세 처리할 테니까."

서진풍은 고작 쟁자수!

천살귀를 감당할 수 있을 리 없었다.

그런데 왜일까?

혹시나 하는 기대감이 깃들었다.

"미친 새끼!"

그때, 천살귀가 신법을 펼쳤다.

쐐액.

천살귀의 손에 들린 두 자루의 단검이 가만히 서 있는 서진풍의 아랫배를 향해 파고들었다.

그리고 그걸로 끝이었다.

쿠웅!

서진풍이 바닥에 쓰러지며 자욱한 먼지가 일어났다.

"이 한심한 새끼는 대체 뭐야?"

천살귀가 어이없다는 표정을 지은 채 던진 말이 들렸다.

혹시나 하는 기대가 무너진 순간, 모용수린의 두 눈이 스르르 감겼다.


방천호가 차를 홀짝거리며 마주 앉은 젊은 사내를 살폈다.

구김 한 점 없는 하얀색 무복을 입은 사내는 자신의 시선을 피하지 않은 채 담담히 받아 내고 있었다.

"아까 이름이 뭐라고 했었지?"

"현무빈이오."

"현무빈. 그래, 현무빈이라고 했지."

사내의 이름을 되뇌며 방천호가 다시 찻잔을 들어 올렸다.

그리고 들어 올린 찻잔을 입가로 가져가 귀에 걸리기 일보직전인 입꼬리를 감추었다.

'얼마 전에 돌아가신 아버님이 나오시던 꿈이 심상치 않더니만!'

현무빈이 맹호표국에 찾아온 것은 약 반 시진 전이었다.

처음에는 표행을 의뢰하러 온 고객이라고 판단했다.

하지만 현무빈은 예상과 달리 맹호표국에서 일하고 싶다는 의사를 밝혔다.

'아직 이름이 알려지지 않은 신진 고수인가?'

강호에 관심이 많은 방천호였지만, 현무빈이라는 이름은 들어 본 적이 없었다.

하지만 방천호는 처음 마주한 순간, 현무빈이 대단한 고수라는 사실을 알아챌 수 있었다.

일정한 보폭, 걸음을 옮길 때에도 전혀 흔들리지 않는 어깨, 그리고 자연스럽게 흘러나오는 범상치 않은 기도까지.

방천호는 일류 고수에 불과했지만, 사람을 보는 눈 하나만큼은 탁월했다.

그리고 그 눈이 바로 맹호표국을 이만큼 키운 원동력이

었다.

"우리 맹호표국에서 일하고 싶다고 했었나?"

"그렇소."

"왜 우리 표국에서 일하고 싶은가?"

"딱히 이유는 없소."

"이유가 없다?"

"가장 먼저 눈에 띈 것이 맹호표국이었을 뿐이오."

방천호는 맹호표국의 국주인 만큼 방금 현무빈이 꺼낸 대답은 상당히 기분이 나쁠 수도 있는 말이었다.

그러나 방천호는 껄껄 웃었다.

맹호표국이 현무빈의 눈에 가장 먼저 띈 덕분에 이런 인재를 품에 안을 수 있게 된 것이 기꺼웠기 때문이었다.

"사문을 물어봐도 되겠나?"

"그건 답해 줄 수 없소."

현무빈에 대해서 좀 더 자세히 알아보기 위해서 방천호가 넌지시 말을 꺼냈지만, 그는 딱 잘라 대답했다.

그 대답을 들은 방천호의 낯빛이 조금 어두워졌다.

표국은 귀한 표물들을 운반하는 곳!

그래서 표국에서 표두나 표사로 일하는 자들을 채용할 때는 만약의 사태를 대비하기 위해서 신원을 확실하게 파악해야 했다.

하지만 현무빈은 방금 대답을 통해 신원을 밝히지 않겠

다는 뜻을 분명히 한 셈이었다.

'어찌해야 하나?'

우두둑.

방천호가 깍지 낀 손에 힘을 더했다.

현무빈은 고수였고, 그냥 돌려보내기에는 분명히 아까운
인재였다.

그렇지만 신원이 확실하지 않은 자를 무작정 채용할 수
도 없는 노릇.

선뜻 결정을 내리지 못 하고 방천호가 망설일 때, 입도
대지 않은 찻잔을 노려보던 현무빈이 질문했다.

"곤란하오?"

"그게……."

"쟁자수로 일하는 것도 어렵겠소?"

"신원이 불분명해서…… 자네, 방금 뭐라 그랬나?"

"쟁자수로 일하고 싶다고 했소."

"쟁자수?"

"맞소."

탁.

현무빈이 일말의 망설임도 없이 꺼낸 말을 들은 방천호
가 들어 올렸던 찻잔을 다시 내려놓았다.

표물을 운반하는 책임자는 표두와 표사들이었다.

그래서 표두와 표사를 채용하는 데는 확실한 신원이 필

요했다.

하지만 쟁자수는 말 그대로 짐꾼이었다.

표두와 표사들의 지휘 아래 표물을 운반하는 역할만 하는 쟁자수의 경우에는 신원이 크게 중요치 않았다.

"왜 하필 쟁자수인가?"

"신원을 밝힐 수 없기 때문이오."

"그 이유가 다인가?"

"사람들의 이목을 끌고 싶지 않은 이유도 있소."

어떤 질문에도 딱 부러지게 대답하는 현무빈의 태도가 점점 마음에 들었다.

그러나 방천호는 마냥 웃을 수 없었다.

아까부터 찝찝한 부분이 남아 있었기 때문이었다.

그래서 망설이던 방천호가 결국 참지 못 하고 물었다.

"자네 혹시……."

"혹시 뭐요?"

"흉악한 살인귀인가? 그래서 수배를 당하고 관원들에게 쫓기던 도중에 은신처로 우리 표국을 택한 건가?"

"내가 그런 사람으로 보이오?"

"그건 아니지만……."

슬쩍 말끝을 흐리며 방천호가 현무빈의 얼굴을 자세히 뜯어보았다.

눈매가 날카로운 편이긴 했지만, 자신을 바라보고 있는

눈빛에 사악한 기운은 묻어나지 않았다.

오히려 맑고 깊은 두 눈에서는 정기가 묻어나고 있었다.

"어렵겠소?"

"그게 아니라……."

"그럼 다른 곳을 찾아보겠소. 표국은 여기만 있는 것이 아니니까."

미련 없이 자리를 박차고 일어나는 현무빈을 확인한 방천호의 마음이 조급해졌다.

현무빈은 어서 결정을 내리라고 재촉하며 압박하고 있었다.

이제는 결정을 내려야 할 때였다.

그리고 갈등할 것도 없었다.

방천호는 마음속으로 이미 결정을 내린 후였다.

"쟁자수라면…… 가능하네."

"고맙소."

"고마울 것 없네. 오히려 내가 고마우니까."

"……?"

"자넨 우리 맹호표국의 쟁자수로 일할 걸세. 그런데 특별한 쟁자수일세."

"특별한 쟁자수?"

"굳이 말로 표현하자면 비밀 병기랄까?"

서진풍과 선만섭에 이어서 현무빈까지.

무슨 영문인지 몰라도 표두를 맡고도 남을 실력을 갖춘 대단한 인재들이 속속들이 맹호표국으로 몰려들고 있었다.

비록 쟁자수라 하나 이런 대단한 고수들을 품에 안았으니, 맹호표국은 청해성 제일표국으로 비상할 수 있는 날개를 단 셈이었다.

그래서 방천호가 환하게 웃고 있을 때였다.

쿵쿵쿵.

지축이 울리는 듯한 커다란 발소리가 점점 가까워졌다.

놀란 방천호가 집무실의 문을 열자 서진풍이 걸어오는 것이 보였다.

그런데 서진풍의 모습이 평소와 많이 달랐다.

이유는 모르겠지만 얼굴은 식은땀으로 범벅이 돼 있었고, 낯빛도 백지장처럼 창백하게 질려 있었다.

후우, 후우.

그냥 걷는 것도 힘든 듯 가쁜 숨을 몰아쉬고 있는 서진풍을 놀란 눈으로 바라보던 방천호가 재빨리 물었다.

"자네, 무슨 일인가?"

하지만 서진풍은 그 질문에 대답하는 대신, 오히려 질문을 던졌다.

"천살귀, 알아요?"

"천살귀라면? 물론 알고 있네."

"어떤 놈이에요?"

"그걸 갑자기 왜 묻는가?"

"어떤 놈이냐니까요?"

서진풍이 얼굴을 구긴 채 재촉하는 바람에 방천호가 엉겁결에 대답했다.

"마교 서열 오십 위 안에 드는 엄청난 고수네. 무공 수위가 무려 초절정에 근접해 있다고 알려져 있는……."

"그러니까 마교에 속해 있단 말이죠?"

"맞네."

"천살귀, 어디 가면 만날 수 있어요?"

"마교 청해지단에 찾아가면 만날 수 있을 걸세."

"알았어요."

원하는 답을 얻은 서진풍은 미련 없이 돌아섰다.

다리에 힘이 풀린 탓에 비틀거리면서 걷고 있는 서진풍을 향해 걱정스런 시선을 던지던 방천호가 뒤늦게 물었다.

"근데 천살귀에 대해선 왜 물은 건가?"

"……."

"자네 무슨 짓을 하려는 건가? 설마 찾아갈 생각은 아니지?"

"……."

서진풍은 끝내 아무런 대답도 없이 사라져 버렸다.

다시 자리에 앉은 방천호가 의아한 시선을 던지고 있는 현무빈을 발견하고 서진풍에 대해서 간단하게 설명해 주었다.

"우리 표국의 쟁자수라네."

"쟁자수라……."

"왜 그런 시선을 던지는가?"

"평범한 쟁자수는 아닌 듯 보이는군요."

두 눈을 빛내고 있는 현무빈에게 방천호가 설명을 덧붙였다.

"자네 눈이 정확하군. 평범한 쟁자수는 아니라네."

"그럼?"

"특별한 쟁자수라네."

"……?"

"자네와 마찬가지로 우리 맹호표국의 비밀 병기지."


밤이 깊은 시간이라 만수객잔에 남은 손님은 거의 없었다.

구석에 위치한 탁자에 심각한 표정으로 모여 앉은 모용수린을 제외한 나머지 용봉단원들이 유일한 손님이었다.

졸다가 깨다가를 반복하던 점소이가 원망 섞인 매서운 시선을 던졌지만, 용봉단원들은 그조차도 느끼지 못 하고 있었다.

그만큼 상황이 심각했기 때문이었다.

"왜 모용 소저가 돌아오지 않을까?"

객잔 안에 길게 이어지고 있던 침묵을 깨트린 것은 홍대용이었다.

그리고 홍대용이 던진 질문에 대한 답을 조심스럽게 꺼내 놓은 것은 팽문호였다.

"혹시 모용 소저가 색마 선대수를 발견한 게 아닐까요? 색마 선대수를 발견하고 직접 잡기 위해서 움직이고 있는 중이라거나?"

"왜 그리 생각하나?"

"만약 제가 색마 선대수를 발견했다면 다른 이에게 알리지 않고 직접 잡기 위해 나섰을 겁니다. 공을 세우고 싶으니까요. 모용 소저 역시 공을 혼자 세우고 싶은 욕심이 생기지 않았을까요?"

팽문호의 말은 그럴듯했다.

그래서 홍대용과 추상화가 희미하게 고개를 끄덕일 때, 지금까지 한마디도 없이 조용히 앉아 있던 여건욱이 나섰다.

"모용 소저는 그럴 사람이 아니네."

"그걸 여 소협이 어떻게 장담합니까?"

"내가 지금까지 겪은 모용 소저는 무척 신중한 성격의 소유자이네. 만약 색마 선대수를 발견했다면 혼자서 움직이지 않고 어떤 식으로든 우리에게 연락을 취해서 도움을 요청했을 거야."

"여 소협의 말대로 색마 선대수를 발견한 것이 아니라면 지금 모용 소저는 대체 어디에 있단 말입니까?"

"그건 나도 모르겠네. 하지만 추론은 가능하네."

"뭡니까?"

계속 질문을 던지는 팽문호를 힐끗 살핀 여건욱이 가라앉은 목소리로 답했다.

"지금 모용 소저는 큰 위험에 처했을 거네. 모용 소저의 신중한 성격을 감안하면 아마 우리에게 연락을 취할 겨를도 없이 당했을 것이네."

"설마 그런 일이……."

"설마가 아닐세. 이미 예고됐던 일이니까."

"……?"

"호살귀가 추 소협을 공격한 것이 예고였네."

"하지만 호살귀는 실패하지 않았습니까?"

"실패했지. 그래서 목표를 바꾸었을 걸세. 우리 중 가장 약한 자, 그리고 혼자 떨어져 다니는 자를 노렸겠지."

"그럼?"

"마교의 소행일 확률이 높네. 좀 더 조심했어야 했거늘."

여건욱이 자책하듯 한숨을 내쉴 때, 조용히 대화를 듣고 있던 추상화가 나섰다.

"여 소협의 말이 일리가 있긴 하나, 아직 확실한 건 아무것도 없습니다. 그리고 지금은 이렇게 탁상공론을 벌이고 있을 때가 아닙니다. 큰 위험에 처했을지도 모를 모용 소저를 구하기 위해 움직여야지요."

"어디로 움직이잔 말인가? 증거도 없이 바로 마교로 찾아가서 따지자는 말인가?"

홍대용의 반박을 들은 추상화가 고개를 흔들었다.

"그래서는 안 되지요."

"그럼 뭘 어쩌자는 말인가?"

"모용수린 소저의 행적을 쫓다 보면 증거를 찾을 수 있을 겁니다. 오늘 모용수린 소저가 약속이 있다고 말했던 것을 잊으셨습니까?"

추상화의 말이 끝나자 어둡던 홍대용과 팽문호의 표정이 밝아졌다.

"까맣게 잊고 있었군!"

"역시 형님은 대단하십니다."

팽문호가 치켜세우는 것을 듣던 추상화가 차갑게 웃으며 힘주어 덧붙였다.

"모용수린 소저가 만나기로 약속했던 것은 서진풍이라는 놈입니다. 일단은 그놈을 찾아가서 확인해 보도록 합시다."


"빌어먹을! 빌어먹을!"

식은땀을 뻘뻘 흘리며 힘겹게 걸음을 옮기던 진풍이 이를 갈았다.

홍해객잔에서 모용수린이 팔짱을 낀 순간, 심맥에 타격을 입고 코피가 났다.

진원진기가 손상된 탓에 순식간에 몸이 무거워졌다.

'좀 더 함께 있고 싶었는데.'

모용수린과 헤어진 후에도 조금 더 함께하고 싶다는 아쉬움이 남았다.

그래서 바로 집으로 돌아가는 대신, 물 먹은 솜처럼 무거워진 몸을 이끌고 모용수린의 뒤를 따랐다.

그렇게 몰래 모용수린을 훔쳐보고 있던 도중에, 돌발 상황이 발생했다.

천살귀!

볼품 없이 생긴 늙은이가 모용수린을 공격한 것이었다.

모용수린이 천살귀를 감당하지 못하고 쓰러지는 것을 확인하고서, 진풍은 앞뒤 재지 않고 달려들었다.

무조건 그녀를 구해야겠다는 일념 하나로 천살귀에게 달려들었지만, 진원진기가 손상된 탓에 몸이 뜻대로 움직이지 않았다.

천살귀의 일수도 감당하지 못 하고 쓰러져 버렸다.

그나마 다행인 것은 뱃가죽이 워낙 두터운 덕분에 천살귀가 휘두른 단검이 깊이 파고들지 않았다는 점이었다.

살갗만 얕게 베인 게 다였다.

다시 정신을 차리자마자 진풍은 바로 맹호표국으로 달려

갔다.

모용수린을 구하기 위해서는 천살귀란 늙은이가 누군지 알아야 했기 때문이었다.

그리고 맹호표국의 국주인 방천호는 천살귀에 대해 알고 있었다.

마교에 속한 인물, 그것도 마교 서열 오십 위 안에 드는 초절정 고수라고 방천호는 열변을 토해 냈다.

하지만 그의 이야기는 제대로 귀에 들어오지도 않았다.


"마교 청해지단에 찾아가면 천살귀를 만날 수 있을 걸세."


방천호가 던진 마지막 말만 귓속에 맴돌았다.

맹호표국을 빠져나온 진풍이 서둘러 걸음을 옮겼다.

하지만 진풍이 향하는 곳은 마교 청해지단이 아니었다.

"이대로 가 봐야 할 수 있는 게 아무것도 없어!"

진원진기가 손상된 탓에 무거운 몸을 이끌고 마교 청해지단을 찾아가 봐야, 모용수린을 구할 수 있을 가능성은 없었다.

우선은 몸 상태를 추슬러 최상으로 만드는 것이 필요했다.

그래서 지금 진풍이 향하고 있는 곳은 백화장이었다.

보진단!

북괴 사부가 선물해 준 진원진기를 보호해 주는 세 개의 단환!

진풍은 그중 하나를 복용할 결심을 굳혔다.

밤이 늦은 탓에 백화장은 불이 모두 꺼져 있었다.

자신의 방으로 찾아간 진풍이 옷장 깊숙한 곳에 숨겨 두었던 봇짐을 열고 보진단이 든 주머니를 꺼냈다.

지체하지 않고 보진단을 입속에 넣자마자 진풍이 얼굴을 찡그렸다.

지독한 쓴 맛이 입속에 퍼졌다.

다시 뱉어 내고 싶은 것을 꾹 참고 진풍이 가부좌를 틀고 앉았다.

그리고 재빨리 진기를 일주천시키기 시작했다.

얼마나 시간이 지났을까?

진풍은 운기행공에 집중하느라 무아지경에 빠졌다.

뱃속이 따뜻해짐을 느끼며 진풍이 운기행공을 멈추었다.

"더럽게 쓰네!"

보진단을 복용한 것은 이번이 처음!

두 번 다시 경험하고 싶지 않을 정도로 보진단은 지독히 썼다.

그래도 효험이 없는 것은 아니었다.

물 먹은 솜처럼 무겁기 그지없던 몸이 마치 솜털처럼 가

녑게 느껴졌다.

"모용수린 소저, 조금만 기다리시오."

목을 좌우로 꺾으며 굳어 버렸던 몸을 풀던 진풍이 귀를 기울였다.

아까까지만 해도 쥐 죽은 것처럼 조용하던 백화장은 갑자기 시끄럽게 변해 있었다.

"이게 무슨 짓인가?"

아버지의 노한 목소리를 듣던 진풍이 호기심을 느끼고 문틈으로 살피자, 추상화의 모습이 보였다.


서만석이 추상화를 노려보았다.

늦은 밤에 허락도 없이 용봉단원들과 함께 백화장으로 들이닥친 추상화는 사과나 인사도 없었다.

"서진풍, 그 녀석을 내놓으십시오."

아닌 밤중에 홍두깨라더니.

서만석은 기가 막힐 노릇이었다.

허락도 받지 않고 갑자기 백화장으로 들이닥친 것만 해도 불쾌한 판국인데, 다짜고짜 진풍이를 내놓으라고 요구하고 있었다.

그것도 공손하게 부탁하는 것이 아니라, 마치 흉악한 범죄자 취급하듯 하는 것을 확인하고 나자, 기분이 잔뜩 상했다.

"이게 무슨 경우 없는 행동인가?"

추상화와 용봉단원들은 아들뻘이었다.

게다가 추상화는 어릴 적부터 봐 온 아들 같은 녀석이었다.

아무리 백화장이 쫄딱 망했다고 해도, 지금 추상화의 무례한 행동은 분명히 도를 넘어 있었다.

"진풍이를 만나려면 내일 날이 밝고 나서 찾아오게."

치미는 화를 간신히 삭이며 서만석이 타이르듯 충고했다.

하지만 추상화는 충고를 따르지 않았다.

"급한 사정이 있으니 당장 만나야겠습니다."

"그 사정이 뭔데 이러는 건가?"

"알려 드릴 수 없습니다."

"……?"

"기밀입니다."

서만석의 굵은 눈썹이 꿈틀했다.

더 참지 못 하고 서만석이 언성을 높이려고 할 때, 그새 치장을 마치고 나온 서문화경이 먼저 나섰다.

"네 에미를 꼭 닮아서 경우가 없는 건 마찬가지구나. 여기가 어딘 줄 알고 함부로 설치는 것이냐!"

방 안에서 전후 사정을 모두 들은 서문화경의 목소리에는 노기가 담겨 있었다.

그러나 추상화는 전혀 기죽지 않고 차갑게 웃으며 대꾸

했다.

"여기가 백화장이라는 것은 잘 알고 찾아왔습니다."

"그런데도 감히……."

"다 망해 가는 백화장에도 아직 위신이 남아 있습니까?"

"네 녀석이……."

서문화경의 눈꺼풀이 파르르 떨렸다.

분노가 극에 달했다는 증거!

그러나 추상화의 이야기는 아직 끝난 게 아니었다.

"저는 여기 벽검장의 후계자로 온 게 아닙니다. 무림맹 휘하 용봉단의 부단주로서 찾아온 것입니다. 당장 진풍이 그 녀석을 데려오십시오."

"아직 어린놈이 건방지기 이를 데 없구나. 네 에미가 그리 가르치더냐? 이래서 가정교육이 중요한 것을……."

"가정교육이라. 서문 부인께서 그런 말을 할 자격이 있으십니까?"

"뭣이라?"

"그리 가정교육을 잘 시켜서 진풍이가 쟁자수를 하고 있습니까?"

"네놈이 감히……."

서문화경이 뒷목을 부여잡고 휘청이는 것을 발견한 서만석이 재빨리 부축할 때였다.

덜커덕!

진풍이의 방문이 거칠게 열리는 소리가 들렸다.

그리고 그 문을 통해서 누군가가 빠르게 뛰어나왔다.

"대체 누구길래 우리 진풍이의 방에서……?"

서만석의 말이 끝나기도 전에, 진풍의 방에서 빠져나온 청년은 추상화의 앞으로 다가가 있었다.

부웅!

그리고 예고도 없이 주먹을 휘둘렀다.

"웬 놈이냐?"

스르릉.

당황한 추상화가 뒤로 물러나며 검을 빼 들었다.

그러나 청년은 정체를 밝히는 대신, 엉겁결에 뒤로 물러나는 추상화의 앞으로 바싹 따라붙었다.

청년의 움직임은 기민했다.

서만석이 눈으로 쫓기도 힘들 정도였다.

퍽!

청년이 휘두른 주먹이 추상화의 배에 틀어박히고…….

그리고 그걸로 끝이었다.

"커흑!"

조금 전까지 기고만장하던 추상화는 청년의 일수도 감당하지 못 하고, 신음을 흘리며 바닥에 쓰러졌다.

"흥, 아주 고소하네!"

"여보!"

"뉘 집 자식인지 몰라도 잘한다!"

그 모습을 지켜보던 서문화경의 얼굴에 화색이 돌 때, 추상화와 함께 백화장으로 찾아온 용봉단원들이 나섰다.

"어떤 놈이냐?"

"막아!"

용봉단원들이 순식간에 청년을 품(品)자 형태로 포위했다.

그러나 청년은 당황하지도 멈추지도 않았다.

펄럭!

기이할 정도로 큰 흑의 무복이 청년이 움직일 때마다 허공에서 펄럭이며 용봉단원들의 시야를 가렸다.

그리고 앞을 막아선 도인 복장의 용봉단원이 휘두른 검을 손등으로 가볍게 쳐 내며, 어깨로 가슴을 들이받았다.

퍼억!

"크흡!"

신음성을 흘리며 도인 복장의 용봉단원의 신형이 뒤로 날아가자 청년은 그 뒤로 바싹 따라붙었다.

쿵!

허공으로 날아간 용봉단원이 벽에 부딪히고 바닥에 쓰러진 순간, 청년이 담을 훌쩍 넘어서 사라졌다.

직접 눈으로 목도하고도 믿기 힘든 신위!

순식간에 벌어진 상황에 장내는 아수라장으로 변했다.

입을 헤 벌린 채 그 모습을 지켜보던 서만석이 한참만에
야 입을 뗐다.

"봤소?"

"뭘요?"

"저 청년의 얼굴 말이오?"

"나도 눈은 있어요."

"어땠소?"

"잘생겼네요."

황홀한 표정을 짓고 있는 서문화경을 한심하게 바라보던
서만식이 재차 질문했다.

"닮지 않았소?"

"누굴 닮았다는 거예요?"

"우리 진풍이와 닮지 않았소?"

"누가요? 아까 그 청년이요?"

"그렇소. 진풍이가 살이 빠지면 딱 저렇게 생겼을 것 같
은데."

서만석이 뭔가에 홀린 표정으로 중얼거리고 있을 때, 서
문화경이 앞으로 다가와 뺨을 찰싹 때렸다.

"왜 때리는 거요?"

"당신 지금 무슨 헛소리를 하는 거예요?"

"내가 본 걸 말하는······."

"정신 차려요."

"정신은 멀쩡하오."

"당신, 우리 진풍이가 얼마나 뚱뚱한지 잊었어요?"

"그야 물론 알고 있소."

"그런데도 지금 그런 말이 나와요?"

"……."

"저렇게 잘생긴 대다가 날렵하기까지 한 청년이 설마 우리 진풍이일 거라고 의심하는 거예요?"

"그냥 좀 닮은 것 같아서……."

"내가 보기엔 하나도 안 닮았어요."

"닮긴 한 것 같은데."

"가뜩이나 정신이 사나워서 죽겠어요. 제발 부탁이니까, 당신까지 나서서 헛소리 하지 마세요."

"크흠!"

서문화경의 맹공격을 받고 한숨을 토해 내던 서만석이 고개를 돌렸다.

장내의 상황이 모두 정리되고 나서야 느지막이 방에서 나온 순풍에게 서만석이 못마땅한 시선을 던졌다.

아직 잠에서 덜 깨서 흐리멍텅한 눈빛으로 주변을 두리번거리고 있는 순풍을 노려보던 서만석이 물었다.

"너도 봤느냐?"

"네, 보긴 봤어요."

눈곱을 떼던 순풍이 대답하는 것을 들은 서만석이 두 눈을 빛냈다.

"네가 보긴 어땠느냐?"

"뭐가요?"

"아까 그 청년이 진풍이와 닮은 것 같지 않더냐?"

"닮았으면 좋겠어요."

"응?"

"아니, 그냥 진풍이였으면 얼마나 좋을까요? 그럼 어머니의 지대한 관심에서 멀어질 수 있을 텐데."

아쉬운 기색을 노골적으로 드러내던 순풍이 입맛을 쩝다시며 덧붙였다.

"진풍이가 저렇게 고수일 리가 없잖아요."

"그건 그렇지."

"그리고 저렇게 날씬한 진풍이가 상상이나 가세요?"

"그야…… 상상이 안 되는구나."

서만석으로서도 수긍할 수밖에 없었다.

압도적으로 뚱뚱한 진풍이와 아까 저 날씬하고 날렵한 청년은 아무리 애를 써 봐도 겹쳐지지 않았다.

그래도 아쉬움이 남아서 청년이 훌쩍 뛰어넘어 사라진 담벼락을 물끄러미 바라보던 서만석이 혼잣말을 중얼거렸다.

"분명히 닮긴 했었는데."

6장
보진단

'여기가 어디지?'

모용수린이 정신을 차리자마자 주변을 살폈다.

취조실처럼 보이는 작은 방 안에 놓여 있는 것은 까만색 탁자 하나뿐이었다.

이곳이 어디인지 알아낼 수 있는 단서는 아무것도 없었다.

의자에 앉혀진 채 손발이 쇠사슬로 묶여 있다는 것을 확인한 모용수린이 한숨을 내쉬며 기억을 더듬었다.

"천살귀를 만났었지!"

서진풍을 만나고 돌아오던 도중에 천살귀를 만났었다.

나름대로는 최선을 다해서 싸웠지만, 마교 서열 오십 위 안에 들어가는 초절정 고수인 천살귀는 너무 강했다.

결국 천살귀를 감당하지 못 하고 쓰러졌고, 이곳으로 끌려온 것이었다.

"여긴 마교 청해지단의 취조실?"

이런 경우를 대비해서 좀 더 조심하고 주의를 기울이지 못한 자신을 탓하던 모용수린이 고개를 흔들어 자책을 떨쳤다.

이미 상황은 벌어져 버린 후였고, 자꾸 후회해 봐야 소용이 없다는 사실을 알고 있었기 때문이었다.

"서 소협은 괜찮을려나?"

어느 정도 상황 파악이 끝나고 나자, 서진풍에 대한 걱정이 깃들었다.

천살귀에게 당하고 바닥에 쓰러져서 정신을 잃기 직전에, 서진풍이 나타났던 것을 분명히 보았다.

그리고 자신을 구하기 위해서 용감하게 천살귀에게 달려들었지만, 서진풍은 일수도 버티지 못 하고 쓰러져 버렸다.

"죽었을까?"

죽진 않았을 거란 생각이 들었다.

뚱뚱한 서진풍이 고수가 아니라는 것을 짐작했기 때문에 천살귀의 손속은 그리 매섭지 않았다.

"그런 실력으로 호살귀를 죽였다고 장담하다니."

홍해객잔에서 만나 확인했을 때, 서진풍은 분명히 자신

이 당시 비무대로 난입했던 호살귀를 죽였다고 말했다.

그 말을 직접 듣고서도 반신반의하고 있었는데, 이번 일을 겪으며 호살귀를 죽인 것이 서진풍이 아니라는 것을 확실히 알게 됐다.

천살귀와 호살귀의 무공 수위가 차이가 아무리 난다고 해도, 천살귀의 일수도 받아 내지 못 했던 서진풍이 호살귀를 죽이는 것은 불가능했으니까.

"확실히 재밌는 사람이긴 해!"

갑자기 웃음이 났다.

천살귀에게서 자신을 구하기 위해서 뒤뚱거리면서 달려오던 서진풍의 모습은 무척 우스꽝스러웠다.

그래서 모용수린이 픽 웃고 있을 때, 취조실의 문이 열리고 천살귀와 중년의 사내가 들어왔다.

모용수린이 차갑게 웃고 있는 천살귀를 매섭게 노려보고 있을 때, 일자로 쭉 뻗은 굵은 눈썹이 인상적인 중년 사내가 물었다.

"이런 상황에서도 웃을 수 있다니 여유가 있군."

"당장 날 죽이지는 않을 거란 걸 알기 때문이죠."

"그걸 어찌 확신하는가?"

"죽이려면 진즉에 죽였을 테니까요. 살심이 하늘에 닿은 천살귀가 날 바로 죽이지 않고 데려온 것만 봐도 알 수 있어요."

"소문대로 똑똑하군."

"내 입으로 이런 말 하긴 좀 그렇지만 혜화란 별호가 괜히 붙은 건 아니죠."

"게다가 당돌하기까지 하군."

"내가 좀 그래요. 그런데 누구죠?"

"난 척운경일세!"

중년 사내는 굳이 감추려 들지 않고 순순히 정체를 밝혔다.

그리고 모용수린은 이 중년 사내에 대해 잘 알고 있었다.

마교 청해지단의 단주 척운경!

초절정 고수라 알려진 척운경은 무림맹에서도 요주의 인물로 평가하고 있었다.

"무섭지 않은가?"

"이제 조금 무섭네요."

"눈치도 빠른 아가씨로군. 확실히 죽이긴 아까워."

척운경은 사람 좋아 보이는 웃음을 지은 채 말했다.

하지만 모용수린은 마주 웃을 수 없었다.

척운경이 자신의 정체를 순순히 밝힌 이유는 하나!

여차하면 살인멸구를 하겠다는 결심을 했기 때문이었다.

"날 죽이면 곤란한 상황에 처하게 될 거예요."

"그렇겠지. 그런데 말이야…… 안타깝게도 자네가 여기에 끌려왔다는 걸 아는 사람은 세상에 없어."

"그래서요?"

"즉, 자네가 죽어도 우리는 곤란한 상황에 처할 일이 없다는 뜻이지. 자네들이 늘 우릴 보고 뻔뻔한 마교 놈들이라고 하지 않는가? 뻔뻔하게 오리발을 내밀면서 모르쇠로 일관하는 건 우리가 가장 잘하는 일이지."

척운경의 입가에 머물러 있던 미소가 짙어졌다.

그런 그에게서 시선을 떼지 않은 채 모용수린이 생각에 잠겼다.

'내가 돌아오지 않았으니 지금쯤이면 용봉단원들이 움직였을 거야. 그런데 천살귀가 움직였다는 사실을 알아낼 수 있을까?'

척운경은 확신에 찬 목소리로 자신이 이곳에 끌려온 사실을 아는 사람이 아무도 없다고 장담했다.

그 말은 용봉단원들도 천살귀가 움직였고 마교가 관여되었다는 증거를 찾기 어렵다는 뜻이었다.

'심증만으로 추궁할 수 있을까?'

이건 가능성이 낮았다.

마교와 무림맹의 지금까지의 관계를 생각해 보면, 확실한 증거 없이 심증만으로 움직인 경우는 거의 없었으니까.

물론 아예 증거가 없는 것은 아니었다.

그래서 모용수린이 당찬 목소리로 말했다.

"호살귀가 내 실종에 마교가 관여했다는 증거예요."

"호살귀? 호살귀는 이미 죽었지 않은가? 그런데 무슨 증거가 되는가? 죽은 자는 말이 없는 법인데."

"그렇지만……."

"현재로서 자네가 살 길은 없네."

척운경이 딱 잘라 말하는 것을 들은 모용수린의 낯빛이 어두워졌다.

화가 나지만 그의 말이 모두 옳았다.

모용수린이 무사히 이곳을 빠져나가는 것은 요원해 보였다.

'추상화? 홍대용? 여건욱? 팽문호?'

실낱같은 희망을 걸어 볼 수 있는 것은 용봉단이 독자적으로 자신을 구하기 위해서 움직이는 것뿐이었다.

그래서 함께 임무에 나섰던 용봉단원들의 얼굴들을 하나씩 떠올렸던 모용수린이 고개를 흔들었다.

이번 임무의 책임자인 추상화는 비겁했다.

겉으로는 호인처럼 행동했지만, 자신에게 위해가 될 법한 일에는 일체 나서지 않는 자라는 걸 모용수린은 알았다.

그런 추상화가 위험을 무릅쓰고 자신을 구하기 위해서 마교 청해지단을 찾아오는 결단을 내릴 가능성은 거의 없었다.

그리고 설명 찾아온다고 해도 달라질 것은 전혀 없으리라.

이번 임무에 나선 용봉단원들이 모두 합공한다고 해도

지금 눈앞에 서 있는 척운경과 천살귀를 이길 수 없었으니까.

'이렇게 죽는 건가?'

이렇게 허무한 죽음은 단 한 번도 상상해 본 적이 없었다.

그래서 고개를 떨구고 있던 모용수린의 두 눈에 체념의 빛이 떠올랐을 때였다.

"하지만 살 길을 하나 열어 줄 수도 있지."

척운경이 매력적인 제안을 던졌다.

모용수린이 퍼뜩 고개를 들자 척운경이 입가에 머물러 있던 웃음을 지우고 정색한 채 덧붙였다.

"청해성에 온 이유를 말하게. 비밀 임무가 무엇인지 순순히 분다면 살려 줄 수도 있어."

"……."

"결정해. 살 텐가? 죽을 텐가?"

모용수린이 입술을 질끈 깨문 채 한참을 망설이다가 입을 열었다.

"당신이 약속을 지킬 거란 건 어떻게 믿죠?"

"그냥 믿어. 선택의 여지가 없으니까."

"……."

"솔직히 말하면 모용세가와 척을 지는 건 나도 부담스러워."

척운경이 솔직한 내심을 털어놓는 것을 들은 모용수린이 마침내 결심을 굳히고 입을 뗐다.

"우리의 임무는……. 색마 선대수를 잡아들이는 거예요."

"색마 선대수를 처단하는 것이 임무다?"

"맞아요. 자, 이제 약속을 지켜요."

모용수린이 약속을 지키라고 재촉했지만, 척운경은 절레절레 고개를 흔들었다.

그 모습을 확인한 모용수린이 슬쩍 눈살을 찌푸렸다.

"처음부터 약속을 지키지 않을 생각이었군요. 마교도를 믿은 내 실수……."

"먼저 약속을 어긴 건 자네야."

"그게 무슨 소리예요?"

"자넨 거짓말을 했어. 색마 선대수를 처단하는 일은 표면상의 임무일 뿐이라는 건 이미 우리도 알고 있어."

"……?"

"내가 알고 싶은 건 자네가 맡은 진짜 임무의 내용이야. 자, 이게 자네에게 주어지는 마지막 기회야. 살 텐가? 죽을 텐가?"

팔짱을 낀 채 이미 다 알고 있다는 듯이 바라보고 있는 척운경의 매서운 시선을 피하기 위해서 모용수린이 고개를 떨구었다.

그리고 어느 쪽도 선뜻 결정하지 못한 채 망설이기 시작
했다.


"저 싸가지 없는 새끼!"

아버지에게 인사도 하지 않고 고개를 빳빳하게 세운 채,
가정교육까지 들먹이면서 비꼬고 있는 추상화를 확인한 진
풍의 두 눈에 열기가 피어올랐다.

어릴 적부터 그리 마음에 들던 놈은 아니었는데, 무림맹
휘하 용봉단의 부단주라는 감투를 쓰더니 아예 몹쓸 놈으로
변해 있었다.

마음 같아서는 흠씬 두들겨 패 주고 싶었다.

그리고 무릎을 꿇어 앉혀 놓고 날이 샐 때까지 그렇게 살
면 안 된다고 일장 연설을 늘어놓고 싶었다.

하지만 아쉽게도 진풍에게는 시간이 없었다.


*"보진단의 약효가 지속되는 시간은 두 시진뿐이다."*


보진단을 선물로 건네며 북괴 사부는 주의사항을 일러
주었었다.

그리고 두 시진은 결코 긴 시간이 아니었다.

마교 청해지단으로 찾아가서 모용수린을 구하기에도 빠
듯한 시간이었고, 그래서 여기서 허비할 시간이 없었다.

"그래도 그냥 갈 수는 없지!"

벌컥!

마음이 조급해진 진풍이 방문을 거칠게 열어젖힌 후, 바로 추상화에게 달려갔다.

타다닷!

보진단을 복용한 두 시진 동안은 진원진기가 손상될 염려가 없기 때문에, 내력과 무공을 마음껏 사용할 수 있었다.

그리고 내력을 사용하는 것과 사용하지 않는 것은 천지 차이였다.

순식간에 추상화의 앞에 다다른 진풍이 거침없이 주먹을 휘둘렀다.

"웬 놈이냐?"

추상화가 뒤로 물러나며 검을 빼 들었다.

나름대로는 최선을 다한 대응이었겠지만, 진풍이 보기에는 너무 느렸다.

퍼억!

진풍이 휘두른 주먹은 추상화가 검을 제대로 휘두를 시간도 주지 않고 배에 정확히 틀어박혔다.

두 눈을 부릅뜬 채 배를 부여잡고 바닥에 쓰러지는 추상화의 모습을 보고 있자니 속이 후련했다.

하지만 후련한 감정은 아주 잠시뿐이었다.

이내 걱정이 밀려들었다.

'아차!'

어머니인 서문화경이 아까부터 두 눈을 빛내면서 일련의 상황들을 고스란히 지켜보고 있었다.

자신이 추상화를 가볍게 쓰러트린 것을 어머니가 모두 본 상황!

이제 큰일이 났다고 생각한 진풍이 슬그머니 고개를 돌려서 어머니의 반응을 살피다가 고개를 갸웃했다.

'표정이 왜 저러시지?'

어머니는 전혀 기쁜 표정이 아니었다.

부러운 표정으로 자신을 바라보고 있었다.

'혹시 못 보신 건가?'

진풍이 속으로 쾌재를 부르며 백화장의 담벼락으로 신형을 날렸다.

어머니 때문에 여기 더 있는 것이 부담스러웠기 때문이기도 했고, 모용수린을 구해야 한다는 생각에 마음이 급했던 이유도 있었다.

그러나 진풍은 도중에 멈출 수밖에 없었다.

추상화가 화산의 일대제자라고 소개했던 용봉단원이 앞을 가로막았기 때문이었다.

'이름이 뭐였더라?'

꽤 잘생긴 사내의 이름을 들었던 기억은 분명히 있었다.

하지만 당시의 진풍은 모든 신경이 잔칫상 위에 놓여 있던 음식들과 모용수린에게 쏠려 있었기 때문에, 사내의 이름까지는 기억나지 않았다.

슈악!

그사이 사내가 휘두른 검이 매섭게 파고들었다.

그리고 검이 일으키는 검풍은 무척 거셌다.

만약 보진단을 복용하지 않고 오직 근력으로만 상대해야 했다면 꽤 고전했을 가능성이 컸다.

하지만 지금 진풍은 보진단을 복용한 상태.

두 시진 동안은 내력을 마음껏 사용할 수 있었다.

두 눈에 힘을 주고 검이 만들어 내고 있는 궤적을 살피던 진풍이 손등으로 정확히 검배를 쳤다.

터엉!

방향이 바뀐 검을 놓치지 않기 위해서 애쓰는 사이, 사내의 가슴이 순간 비었다.

진풍이 그 빈틈을 파고들어 어깨로 사내의 가슴을 밀쳤다.

쿵.

도복을 입은 사내가 입에서 피를 뿜으며 뒤로 날아가 벽에 부딪혔다.

'힘 조절이 안 돼. 힘 조절이!'

미안한 마음이 살짝 들었지만, 사과를 할 여유는 없었다.

훌쩍.

그대로 신형을 날려서 백화장의 담벼락을 넘어 바닥에 착지한 진풍이 멈추지 않고 바로 신법을 펼쳤다.

펄럭펄럭!

그리고 마교 청해지단을 향해 빠르게 신법을 펼치던 진풍이 도중에 멈춰 섰다.

"왜 이래?"

옷자락이 펄럭이는 소리가 유난히 컸다.

처음엔 내력을 이용해서 신법을 펼치는 속도가 너무 빨라서 그런 거라 여겼는데, 아무래도 이상한 기분이 들었다.

그래서 무심코 고개를 숙여서 살피던 진풍이 두 눈을 부릅떴다.

"이거 뭐야?"

평소에는 꽉 끼던 옷이 헐렁하게 변해 있었다.

옷이 늘어난 것이 아니었다.

자신의 살이 몰라보게 빠져 있는 게 아닌가!

"이것도 보진단의 효능인가?"

늘 무겁던 몸이 보진단을 복용한 후 깃털처럼 가볍게 느껴졌었다.

그때만 해도 그저 기분 탓이라 여겼었는데…….

그게 아니었다.

정말로 살이 빠졌기 때문에 몸이 가벼워졌던 것이었다.

한참을 멍하니 서 있던 진풍이 간밤에 내린 비로 인해 생긴 작은 물웅덩이 앞으로 다가갔다.

그리고 물웅덩이에 자신의 얼굴을 슬쩍 비춰 본 진풍이 두 눈을 부릅떴다.

"이게 누구야?"

살에 묻혀서 늘 흐릿했던 이목구비가 뚜렷하게 드러났다.

길다면 길고, 짧다면 짧은 십팔 년 인생을 통틀어서 처음 보는 뚜렷한 이목구비가 드러난 자신의 얼굴에서 한참이나 시선을 떼지 못하고 있던 진풍이 중얼거렸다.

"그동안 몰랐었는데 나도 꽤 잘생겼네!"

감탄한 표정으로 물웅덩이에 비친 자신의 얼굴을 뚫어져라 바라보던 진풍이 다시 각오를 다졌다.

"환골탈태! 내가 꼭 하고 만다!"


허영생의 양어깨에 오래간만에 힘이 잔뜩 들어갔다.

벽검장의 소장주인 추상화를 납치하려다 실패한 탓에 척운경에게서 쓸모없는 놈이라는 소리까지 들으면서 수모를 겪었다.

하지만 이번에 모용수린을 납치하는 데 성공한 덕분에 구겨졌던 자존심을 다시 펼 수 있었다.

이제는 방보다 더 편하고 익숙한 마천각 집무실에서 서류 대신 술잔을 들고 느긋하게 자작하고 있던 허영생이 누리고 있던 간만의 여유가 깨진 것은 급작스럽게 올라온 보고 때문이었다.

"침입자가 발생했습니다."

수하의 보고를 들은 허영생이 슬쩍 미간을 찌푸렸다.

신교의 무서움을 모르는 하룻강아지 같은 놈들이 가끔씩 청해지단으로 침입하는 경우가 없지는 않았다.

그러나 대부분 금세 제압되는 게 보통이었다.

이번에도 같은 경우라 판단한 허영생이 다시 술잔을 들어 올렸을 때, 희미한 비명 소리가 귓가로 파고들었다.

"크헉!"

"크아악!"

새벽 공기를 뚫고 아스라이 울려 퍼지는 비명 소리를 들은 허영생이 실소를 머금었다.

예상대로 금세 침입자가 제압되었다고 판단하고 술잔을 입으로 가져갔을 때, 수하가 다시 집무실로 뛰어들었다.

그리고 수하의 표정은 아까보다 훨씬 다급하게 변해 있었다.

"또 무슨 일이지?"

"일차 저지선이 뚫렸습니다."

수하의 보고를 들은 허영생이 재빨리 술잔을 탁자 위에 내려놓았다.

지금까지 여러 번 침입자들의 공격이 있었지만, 일차 저지선이 뚫린 것은 이번이 처음.

"그게 무슨 소리냐?"

"침입자가 워낙 강한 탓에⋯⋯."

"몇이나 되지?"

"확실하게 파악하지 못했습니다만⋯⋯ 한 명으로 추정됩니다."

"고작 한 명에게 저지선이 뚫렸다고?"

말도 안 되는 보고라고 판단하고 있을 때, 다시 비명 소리가 들려왔다.

"큭!"

"끄으윽!"

그리고 이번 비명 소리는 아까보다 훨씬 크게 들렸다.

즉, 침입자의 위치가 그만큼 가까워졌다는 뜻이리라.

'누구지?'

비로소 사태의 심각성을 깨달은 허영생의 표정이 다급해졌을 때, 요란한 폭음이 터져 나왔다.

콰앙!

마천각의 정문이 부서지는 소리와 함께 박살 난 문의 파편이 사방으로 비산했다.

"대체 어떤 놈⋯⋯?"

침입자를 확인하고 호통을 치려던 허영생이 두 눈을 부릅뜨면서 도중에 급히 입을 닫았다.

쐐애액.

부서진 문의 파편이 날아와 뺨을 스치고 지나갔다.

바르르.

뺨을 스치고 지나간 문의 파편이 떨리는 것을 확인한 허영생이 고개를 숙인 채 재빨리 수하에게 지시했다.

"지금 바로 단주님께 보고해라."

"존명!"

수하가 뒷문을 이용해서 사라지는 것을 확인한 허영생이 상황을 파악하기 위해서 탁자 아래에 고개를 파묻은 채 귀를 기울였다.

"막아!"

"막아랏!"

마천각은 기밀로 분류된 마교의 정보를 다루는 곳인 만큼, 청해지단 내에서도 경계가 가장 삼엄했다.

유사시에 마천각을 지키기 위해서 상주하며 번을 서고 있던 일류 고수 다섯 명이 침입자를 상대하기 위해 나섰다.

'막을 수 있겠지?'

일류 고수 다섯의 합공을 버텨 낼 고수는 흔치 않았다.

그래서 허영생이 안도하고 있을 때였다.

"큭!"

"크허헉!"

신음 소리가 연달아 흘러나왔다.

'벌써 끝났나?'

지금 마천각 안에서 벌어지고 있는 상황에 대한 궁금함을 참지 못하고 허영생이 탁자 아래 묻고 있던 고개를 막 들었을 때였다.

슈아악!

눈앞으로 검이 날아들었다.

그대로 얼어붙어 버린 허영생의 귓불을 스친 검이 벽에 틀어박혔다.

"으아아악!"

귓불의 살점이 반이나 뭉텅 날아가 버린 고통은 지독했다.

마천각이 떠나가라 비명을 지르고 있던 허영생의 앞으로 침입자가 저벅저벅 걸어왔다.

침입자를 당연히 막아 낼 것이라 믿었던 번을 쓰던 마교의 일류 고수들이 마천각 바닥에 아무렇게나 쓰러져 있는 것을 확인한 허영생의 눈동자가 중심을 잡지 못 하고 이리저리 흔들릴 때였다.

"너지?"

"……."

"적사문의 문주에게 이번 일을 지시한 게 너 맞지?"

'적사문주?'

머릿속이 뒤죽박죽이 된 상황이었지만, 허영생은 필사적으로 머리를 굴렸다.

'적사문주 염동익을 안다? 그리고 이번 일이라면?'

허영생이 적사문주 염동익에게 시킨 일은 많았다.

그리고 가장 최근에 시킨 일은 백화장으로 찾아가서 서진풍이라는 놈을 잡아 오라고 한 것이었다.

하지만 이번 지시는 실패로 끝났다.

서진풍을 잡아 오라고 시켰던 염동익은 지시를 완수하지도 않고 어디론가 사라져 버렸으니까.

'그럼 저놈이 서진풍인가?'

바쁘게 돌아가던 허영생의 머릿속에서 마침내 결론이 도출됐다.

그러나 허영생은 이번에 도출한 결론이 마음에 들지 않았다.

적사문주 염동익에게 지시를 하긴 했지만, 일을 맡기기 전에 서진풍이라는 놈에 대해서 알아보았다.

그리고 허영생이 조사한 바로 서진풍은 뚱뚱했다.

그것도 수많은 사람들 틈에 섞여 있어도 단번에 눈에 띌 정도로 압도적으로 뚱뚱한 편이었다.

하지만 지금 눈앞에 서 있는 침입자는 전혀 뚱뚱하지 않았다.

불과 며칠 사이에 갑자기 저렇게 살이 빠질 수는 없는 법.

즉, 침입자는 서진풍이 아니었다.

'가만, 서진풍이란 놈에게 형이 하나 있다고 했었지?'

재빨리 머릿속을 뒤져서 서진풍에 대해 조사했던 정보를 떠올리던 허영생이 두 눈을 가늘게 떴다.

서진풍의 형인 서순풍이라는 놈은 맹호표국의 표두였고, 서진풍과 달리 뚱뚱하지도 않았다.

"혹시 서순……?"

침입자의 정체를 확실히 알아내기 위해서 질문을 던지던 허영생은 말을 끝맺지도 못 하고 도중에 입을 다물었다.

"처음이자 마지막 경고야."

"무슨……?"

"다음엔 이 정도로 끝나지 않는다. 한 번만 더 백화장을 건드리면 넌 죽는다!"

"……."

"나한테 시간이 별로 없다는 걸 다행으로 여겨."

무슨 뜻일까?

침입자가 내뿜는 지독한 살기를 접한 허영생의 낯빛이 헬쓱 하게 질렸다.

후들거리는 다리에 힘을 주며 간신히 버티고 서 있을 때, 침입자가 다시 질문을 던졌다.

"모용수린, 지금 어디 있어?"

"그건……."

"거짓말하면 죽는다!"

"마옥에 갇혀 있소."

"마옥?"

"취조실에 있을 거요."

허영생이 순순히 대답했다.

침입자가 내뿜고 있는 살기에 겁을 집어먹어서가 아니었다.

침입자를 처리하기 위함이었다.

'천살귀와 단주님이라면 분명히 이놈을 처리하실 수 있을 거야!'

허영생이 확신에 찬 눈빛으로 침입자를 노려보고 있을 때, 침입자가 바닥에 떨어진 검을 걷어찼다.

쐐애액!

무시무시한 속도로 날아든 검이 눈앞으로 다가온 순간, 허영생이 화들짝 놀라며 고개를 틀었다.

서걱!

아까는 오른쪽 귀의 귓볼, 이번에는 왼쪽 귀의 귓볼이었다.

왼쪽 귀의 귓볼이 뭉텅 잘려 나갔다는 사실을 깨닫고 허영생이 비명을 지르기 위해 입을 벌린 순간, 침입자가 차가운 목소리로 덧붙였다.

"백화장을 건드린 댓가다!"

'어떡해야 하지?'

어느 쪽도 결정을 내리지 못 하고 모용수린은 계속 망설였다.

마치 관찰하듯 자신을 뚫어져라 쳐다보고 있는 마교 청해지단의 단주인 척운경은 녹록한 자가 아니었다.

색마 선대수를 처단하는 것이 용봉단의 진짜 임무가 아니라는 사실을 정확히 꿰뚫어 보고 있었다.

"맹주가 색마 선대수를 무림공적으로 몰아가면서 처리하려는 이유는 따로 있을 것이다. 아마 색마 선대수는 세상에 절대 알려져서는 안 될 맹주의 비밀을 쥐고 있을 것이다. 그게 무엇인지 꼭 알아내야 한다."

이번 임무를 수행하기 위해서 출발하기 전, 모용수린을 은밀히 부른 자는 진짜 비밀 임무를 맡겼다.

하지만 순순히 털어놓을 순 없는 일.

그래서 모용수린이 망설이고만 있을 때, 조용히 있던 천살귀가 나섰다.

"내게 맡기시오."

"어쩔 생각인가?"

"스스로 입을 열게 만들겠소."

"무슨 수를 쓸 생각인가?"

"고문을 하겠소."

"고문?"

척운경이 내키지 않는 듯 눈살을 슬쩍 찌푸렸지만, 천살귀는 고집을 꺾지 않았다.

"다른 방법이 있소?"

"없네."

"일각이면 충분하오."

"정말 일각이면 되겠나?"

"날 못 믿겠소?"

"그럼 일각을 주지."

척운경이 마지못한 표정으로 고문을 허락하는 것을 확인한 모용수린의 낯빛이 창백하게 질렸다.

마침내 허락을 득한 천살귀의 두 눈에 떠올라 있는 욕정을 확인했기 때문이었다.

저 추잡스런 늙은이에게 능욕을 당하는 것은 생각만으로도 끔찍했다.

그래서 진저리를 치던 모용수린이 차가운 목소리로 말했다.

"정말 일각이면 충분해?"

"물론이다."

"토끼 맞네."

"뭣이라?"

천살귀의 얼굴에 노기가 떠오른 순간, 모용수린은 기회를 놓치지 않고 덧붙였다.

"소문을 들었어."

"무슨 소문을 들었다는 거지?"

"천살귀란 늙은이가 토끼라는 소문. 일각이면 차고 넘친다고 자기 입으로 털어놓는 걸 보니 헛소문이 아니었네."

"이 썩을 년이⋯⋯."

"제대로 서지도 않는다는 소문도 있던데."

모용수린이 재빨리 쏘아붙이자, 천살귀의 호흡이 거칠어졌다.

그런 그의 두 눈에 깃들었던 욕정이 사라지고 살기로 번들거리는 것을 확인한 모용수린이 쓰게 웃었다.

저 늙은이에게 능욕을 당하느니 차라리 죽는 편이 나았다.

그래서 곧 닥칠 죽음을 각오했을 때였다.

"크헉!"

"크아악!"

희미한 비명 소리가 들려왔다.

그리고 모용수린이 잘못 들은 것이 아니었다.

"밖이 소란스럽군!"

척운경이 눈살을 슬쩍 찌푸리며 입을 떼자, 천살귀가 장담했다.

"이 썩을 년을 구하러 누군가 찾아온 모양인데 금세 정리될 거요."

하지만 천살귀의 장담대로 상황은 흘러가지 않았다.

"큭!"

"끄아악!"

희미하던 비명 소리가 점점 더 선명해졌다.

그 비명 소리에 귀를 기울이고 있던 모용수린의 두 눈에 희망이라는 감정이 떠올랐다.

'누굴까?'

가장 먼저 떠오른 것은 함께 임무에 나섰던 용봉단원들이었다.

그러나 모용수린은 이내 고개를 흔들었다.

비록 그들이 고수라고 해도, 마교 청해지단에 상주하고 있는 마인들을 모두 상대할 정도는 아니었다.

'그럼 무림맹에서 나선 건가?'

다음으로 떠올린 것은 무림맹 청해지부의 지부장인 유성용이었다.

무림맹 휘하 용봉단에 속해 있는 모용수린이 마교에 의해 납치당한 것은 무림맹이 나설 명분으로 충분했다.

그러나 무림맹 청해지부를 맡고 있는 유성용에 대해서

잘 알고 있는 모용수린이었기에 곧 고개를 흔들었다.

유성용은 자리 보전에 급급한 자였다.

그리고 신중하다는 평가가 지배적이었지만, 모용수린이 보기에 유성용은 우유부단한 편이었다.

그런 그가 자신이 마교에 의해 납치됐다는 증거도 없는 상황에서 심증만으로 움직였을 가능성은 지극히 낮았다.

'혹시?'

하나씩 가능성을 배제해 나가던 모용수린이 마지막으로 떠올린 것은 서진풍이었다.

그러나 이내 고개를 흔들었다.

호살귀를 직접 죽였다고 장담했던 서진풍이었지만, 그는 고수가 아니었다.

천살귀의 일수도 감당하지 못 하고 쓰러졌던 것이 그가 고수가 아니라는 증거였다.

결국 모용수린이 세차게 고개를 흔들어 상념을 떨쳐 냈다.

지금 자신을 구하기 위해 찾아온 것이 누구인가를 알아내는 것은 불가능하다는 사실을 깨달은 모용수린은 다짐했다.

'누구든 상관없어!'

자신을 구하기 위해서 엄청난 위험을 무릅쓰고 찾아온 누군가가 있다는 게 중요했다.

그래서 모용수린은 그가 누구든 간에 진심으로 고마웠다.

설령 그게 재수 없는 추상화라고 해도 상관없다는 생각을 하고 있을 때였다.

콰앙!

폭음과 함께 취조실의 문이 떨어져 나갔다.

흑의 무복을 입은 사내가 취조실 안으로 뛰어든 것과 동시에, 천살귀가 양손에 들고 있던 단검을 휘둘렀다.

약 네 평이나 될까?

취조실은 비좁았다.

이렇게 좁은 공간에서 천살귀가 작심하고 휘두른 두 자루의 단검을 피해 내는 것은 불가능에 가까웠다.

그래서 모용수린의 표정이 굳어졌을 때, 거짓말 같은 일이 벌어졌다.

덥썩!

흑의 사내는 망설임 없이 손을 내밀어서 천살귀가 휘두른 단검을 움켜쥐었다.

당연히 손이 베어질 거라 예상했는데.

모용수린의 예상은 보기 좋게 빗나갔다.

천살귀의 내력이 실린 단검을 덥썩 움켜쥐었음에도 불구하고 흑의 사내의 손은 잘려 나가지 않고 멀쩡했다.

"이런 말도 안 되는……."

예기치 못한 상황에 당황한 천살귀의 얼굴이 시뻘겋게

달아올랐을 때, 흑의 사내가 차갑게 말했다.

"이리 내!"

상황이 심상치 않음을 깨달은 척운경이 합공을 하기 위해 달려들었지만, 흑의 사내는 기어이 천살귀에게서 빼앗은 단검을 던져 냈다.

쐐애액.

가볍게 던져 낸 것처럼 보였지만, 단검에는 엄청난 위력이 실려 있었다.

깜짝 놀란 척운경이 허리를 뒤로 젖혀 단검을 피하는 사이, 흑의 사내가 남은 하나의 난검을 뺏기지 않으려고 용을 쓰는 천살귀의 배를 걷어찼다.

푸학!

천살귀가 입에서 피를 뿜어내며 뒷걸음질을 쳤다.

벽에 부딪히고 나서 쓰러지는 천살귀를 살피던 모용수린이 흑의 사내를 향해서 시선을 던졌다.

처음 보는 얼굴이었다.

그런데 이상하게 어디서 본 듯한 느낌이 들었다.

그리고 그게 다가 아니었다.


*"이리 내!"*


천살귀의 단검을 움켜쥐고 있던 흑의 사내의 목소리가

낯익었다.

'어디서 들었더라?'

모용수린이 기억을 더듬고 있는 사이, 척운경이 대노한 목소리로 그녀가 던지고 싶은 질문을 대신 해 주었다.

"어떤 놈이냐?"

하지만 흑의 사내는 정체를 밝혀 주지 않았다.

대신 천살귀에게서 빼앗은 또 한 자루의 단검을 척운경에게 던졌다.

쐐애액!

빛살 같은 속도로 날아드는 단검을 확인한 척운경이 두 눈을 부릅뜨며 피하기 위해서 바닥을 굴렀다.

툭!

그사이, 흑의 사내가 모용수린의 앞으로 다가와 손발을 묶고 있던 쇠사슬을 힘으로 끊어 냈다.

그리고 가타부타 말도 없이 모용수린을 어깨에 들쳐 업었다.

"저기요."

"……."

"잠깐만요."

"왜요?"

"이대로 그냥 갈 거예요?"

흑의 사내는 엄청난 고수였다.

그리고 지금은 마교 청해지단의 단주인 척운경과 흉명이 자자한 천살귀를 처리할 수 있는 좋은 기회였다.

특히 자신을 능욕하려 했던 천살귀만큼은 그냥 둘 수 없었다.

그래서 모용수린이 다시 내리기 위해서 발버둥을 쳤지만, 흑의 사내는 끝내 놓아 주지 않았다.

"그럴 시간이 없어요."

"네?"

"설명할 시간도 없어요."

"그게 무슨……."

"꽉 잡아요!"

척운경이 다시 일어나서 달려들었지만, 흑의 사내는 그를 상대하지 않고 바로 취조실 밖으로 신법을 펼쳤다.

타다닷!

엄청난 속도!

강한 바람이 얼굴을 때렸다.

더 견디지 못 하고 눈을 감은 모용수린이 흑의 사내가 신법을 펼치기 편하도록 힘을 빼고 몸을 맡겼다.

'이게 무슨 향이지?'

흑의 사내의 몸에서는 달큰한 향이 풍겼다.

그 향이 무척 달콤하다고 생각하고 있을 때, 흑의 사내가 귓가에 속삭였다.

"한숨 자요!"

'분명히 어디서 들어 본 목소리인데!'

모용수린이 다시 기억을 더듬으며 두 눈에 힘을 주었다.

궁금한 것도 많았고, 묻고 싶은 것도 많았다.

그런데 아무리 애를 써 봐도 천근처럼 무거워진 눈꺼풀
은 자꾸 아래로 내려왔다.

7장
숨겨진 고수가 나타났구만

부스럭부스럭.

침상에 누워 이리저리 뒤척이던 서만석이 참지 못 하고 몸을 일으켰다.

"분명히 닮았어."

뜬눈으로 밤을 지새우며 당시 상황을 떠올리던 서만석은 홀연히 나타나서 백화장으로 들이닥쳤던 추상화를 비롯한 용봉단원들을 쓰러트린 흑의무복을 입은 청년이 진풍이와 닮았다는 결론을 내렸다.

"안 자요?"

"아무리 생각해 봐도 닮았소."

"아직도 그 헛소리를 하는 거예요?"

곁에 누워 있던 서문화경이 반쯤 잠에 취한 목소리로 핀 잔을 건넸지만, 서만석은 고집을 꺾지 않았다.

"당신도 다시 한 번 곰곰이 생각해 보시오."

"생각하기 싫어요."

"어허!"

"말이 되는 소릴 해야지 대꾸할 마음이 생기지."

"……."

"그럴 시간에 잠이나 자요."

괜히 말을 꺼냈다가 본전도 못 찾은 서만석이 슬쩍 미간 을 찌푸렸을 때였다.

쿵!

백화장의 마당에서 요란한 소리가 들려왔다.

잔뜩 신경을 곤두세우고 있던 서만석은 그 소리를 놓치 지 않았다.

"이게 무슨 소리지?"

"무슨 소리긴. 당신이 말도 안 되는 얘기를 꺼내 놓는 소리……."

"그게 아니라 밖에서 무슨 소리가 들렸단 말이오."

"무슨 소리요?"

"글쎄, 무거운 쇳덩어리가 바닥에 떨어지는 것 같은 소 리였는데. 당신은 못 들었소?"

"못 들었어요. 당신이 잘못 들었을 거겠죠."

"분명히 들었소."

"아무 소리도 못 들었다니까요. 정 찝찝하면 당신이 직접 나가서 확인해 보세요. 나간 김에 진풍이 방에도 가 보고."

"진풍이 방엔 왜 가 보라는 거요?"

"압도적으로 뚱뚱한 진풍이의 모습을 당신 눈으로 다시 확인하고 나면, 그 헛소리를 그만둘 거 아니에요?"

서문화경의 말은 일리가 있었다.

그래서 서만석은 군말 없이 일어났다.

우선 검을 챙기고 나서 천천히 방문을 열었다.

살짝 문을 열고 아까 요란한 소리가 들렸던 백화장의 마당을 자세히 살폈지만, 인기척은 느껴지지 않았다.

그제야 안심하고 방을 빠져나온 서만석이 신발을 신고 불이 꺼져 있는 진풍의 방을 향해 다가갔다.

"아직 자느냐?"

"……."

"잠깐 일어나 보거라."

서만석이 말을 마쳤지만, 불 꺼진 진풍의 방 안에서는 아무런 소리도 들리지 않았다.

잠시 망설이던 서만석이 방문을 열었다.

그리고 어두운 방 안을 살피던 서만석의 두 눈에 실망스런 빛이 떠올랐다.

그믐달이 뿜어내는 희미한 달빛 아래에서도 진풍의 압도적으로 뚱뚱한 체형은 고스란히 드러났기 때문이었다.

"내가 잘못 본 거로군……."

직접 눈으로 확인하고 나자 자신이 틀렸고, 서문화경이 옳았다는 것을 인정하지 않을 수 없었다.

그리고 기대가 크면 실망도 큰 법.

자신이 부르는 소리도 듣지 못 하고 세상 모르게 깊이 곯아떨어진 진풍이를 보고 있자니 불쑥 화가 치밀었다.

사실 따지고 보면 진풍이가 잘못한 것은 없었다.

오해한 것은 자신이었으니까.

그렇지만 괜히 부아가 치민 서만석이 참지 못 하고 결국 방 안으로 들어갔다.

"어서 일어나거라!"

"……."

"당장 일어나라니까."

덜컹!

깊이 잠든 진풍을 깨우기 위해 다가가던 서만석의 발이 뭔가에 걸렸다.

"이건 또 뭐란 말인가?"

예기치 못했던 상황에 중심을 잡지 못 하고 볼썽사납게 바닥을 뒹군 서만석이 인상을 찌푸렸다.

가뜩이나 부아가 치민 상황이라 더욱 짜증이 났다.

그래서 자신의 발을 걸리게 만든 물건을 노려보던 서만석이 두 눈을 부릅떴다.

물건이 아니라 사람이었다.

그것도 젊은 여자!

"이 녀석이 대체 무슨 짓을⋯⋯!"

진풍이 방으로 여자를 끌어들였다는 사실을 깨달은 서만석이 분통을 터트릴 때, 미동도 않던 진풍의 뚱뚱한 몸이 움직였다.

워낙 뚱뚱한 탓에 한참을 바둥거리다가 겨우 일어난 진풍이 부스스한 얼굴로 주변을 살피며 물었다.

"아버지?"

"그래, 내가 니 애비다."

"여긴 어디에요?"

"이젠 네 방도 못 알아보느냐?"

서만석이 한심하게 바라보며 대꾸하자, 흐리멍텅하던 진풍의 두 눈에 초점이 돌아왔다.

"다행이다."

"대체 뭐가 다행이란 말이냐?"

"무사히 도착했네요."

아직 잠에서 덜 깬 탓일까?

전혀 말귀를 알아들을 수 없는 헛소리를 늘어놓는 진풍을 노려보던 서만석이 추궁하듯 물었다.

"저 여자는 누구냐?"

"여자요?"

"그럼 저기 누워 있는 게 사내냐?"

서만석이 차갑게 말했다.

방금 전 발에 걸려서 하마터면 넘어질 뻔하게 만들었던 여자를 다시 힐끗 살피며 서만석이 물었다.

"여자죠."

"어서 말해 보거라."

"뭘요?"

"……너 설마?"

"설마 뭐요?"

"술 먹였냐?"

"술요?"

"그래. 억지로 술을 먹인 것 아니냐?"

"아닌데요."

"아니라고? 그런데 저 여자는 이리 소란스러운데도 왜 꿈쩍도 하지 않는 것이냐?"

"그게……."

"못된 놈! 이게 어디서 배워 먹은 못된 짓거리냐?!"

진풍이 해서는 안 될 몹쓸 짓을 했다는 사실을 깨달은 순간, 서만석은 머리 꼭대기까지 화가 치밀었다.

마침 자신의 손에 검이 들려 있다는 사실을 깨달은 서만석이 지체하지 않고 내려쳤다.

퍽퍽!

속절없이 검집에 얻어맞던 진풍이 슬쩍 몸을 비틀었다.

"피해?"

"갑자기 왜 이러세요?"

"정말 몰라서 묻느냐? 내 오늘 네 녀석의 못된 버릇을 고쳐 놓고야 말겠다!!"

서만석이 연거푸 검이 든 검집을 휘둘렀다.

슉, 슈악!

하지만 진풍은 서만석의 예상보다 빨랐다.

눈으로 보고도 믿기지 않을 정도로 빠르게 움직이며 검집을 모두 피해 내더니, 방문을 걷어차고 방을 빠져나가 버렸다.

"이놈, 게 서지 못 하겠느냐?!"

서만석이 버럭 소리를 지르며 바로 쫓아 나갔지만, 진풍은 벌써 어디론가 자취를 감춰 버린 후였다.

"보기와 달리 재빠르구나!"

흡족하게 웃던 서만석이 퍼뜩 정신을 차렸다.

그리고 진풍의 방에 혼자 남겨진 채 잠든 여자를 살폈다.

꽤나 소란이 일었음에도 불구하고 세상 모르고 곯아떨어진 여자를 한심하게 바라보던 서만석의 입가로 서서히 웃음이 번졌다.

"녀석, 애비를 닮아서 여자 보는 눈은 있군."

아까는 워낙 어둡고 경황이 없었던 탓에 여자를 제대로 살피지 못했다.

시간이 조금 흐른 덕분에 두 눈이 어둠에 적응하고 나서 확인한 여자는 서만석의 예상보다 훨씬 미인이었다.

"녀석 다 컸군."

품 안의 자식이라고 여겼는데.

흡족하게 웃으며 깊이 곯아떨어진 여자를 바라보던 서만석이 혼잣말을 중얼거렸다.

"그나저나…… 어지간히 먹었나 보군."


날이 밝기도 전에 진풍은 맹호표국에 도착했다.

물기를 잔뜩 머금은 솜처럼 몸이 무거웠다.

그래서 얼른 은신처인 정자로 가서 쉬고 싶었지만, 하필이면 맹호표국의 국주인 방천호와 맞닥트리는 불운까지 겹쳤다.

"자네가 이 시간에 웬 일인가? 설마 벌써 출근한 건가?"

"어쩌다 보니 그렇게 됐네요."

아버지가 새벽부터 들이닥쳐서 괴롭히는 바람에 집에서 쫓겨나듯 나왔다는 말을 하긴 좀 그래서 진풍이 대충 둘러댔다.

이쯤에서 적당히 물러나 주길 바랐지만,

"실력만 뛰어난 줄 알았더니 부지런하기까지 하구만."

방천호는 감탄한 표정으로 칭찬을 늘어놓기 시작했다.

"자네를 처음 볼 때부터 우리 맹호표국의 복덩이라는 걸 눈치챘네."

"아, 네."

"자네가 우리 맹호표국에 들어온 후로, 좋은 일들이 연거푸 생기고 있다네."

"좋으시겠네요."

진풍이 건성으로 대답하며, 아직 더 할 말이 남은 것처럼 보이는 방천호를 스치고 지나갔다.

그리고 간신히 정자에 도착해 드러눕고 나서야 겨우 한숨을 돌렸다.

"피곤해 죽겠네."

북괴 사부가 장담했던 대로 보진단의 효능을 대단했다.

보진단을 복용하고 나서 두 시진 동안 진풍은 진원진기가 손상될 걱정 없이 마음껏 내력을 사용할 수 있었다.

하지만 보진단의 효능이 지속된 시간은 딱 두 시진뿐.

마교 청해지단에 뛰어 들어가서 모용수린을 구하고 나서 정확히 두 시진이 지나고 나자, 진풍은 방에서 정신을 잃었다.

그리고 정신을 다시 차렸을 때는 깃털처럼 가볍던 몸이 물기를 잔뜩 머금은 솜처럼 몸이 무겁게 변해 있었다.

마치 한바탕 꿈을 꾼 것 같았지만, 손바닥에 남아 있는 단검에 베인 희미한 검상의 흔적이 꿈이 아니었다는 증거였다.

이대로 한숨 푹 자고 싶었다.

그렇지만 어김없이 방해꾼이 나타났다.

"아우님, 오늘은 일찍 왔군!"

"그럴 일이 좀 있었거든요."

선만섭에게 일찍 나온 이유를 제대로 설명할 힘도 없었다.

그래서 대충 대꾸하자마자 선만섭은 걱정스런 시선을 던졌다.

"많이 힘들어 보이는구만."

"좀 피곤하네요."

"조심하게. 그러다 죽을 수가 있네."

"……?"

"상사병은 알려진 것보다 훨씬 무서운 병이라네."

선만섭은 진지한 표정으로 충고를 건넸지만, 진풍은 한 귀로 듣고 한 귀로 흘렸다.

그리고 그대로 눈을 감아 버렸지만, 선만섭은 끈질겼다.

"잘 안 됐나?"

"뭐가요?"

"어제 저녁에 모용수린이란 아가씨를 만나기로 약속했다

고 잔뜩 들떠 있지 않았었나? 혹시 그새 차였나?"

"그런 거 아니거든요."

"그럼 잘됐나?"

"잘된 것 같아요."

진풍이 마지못해 대답했지만, 선만섭은 고개를 갸웃거리며 되물었다.

"잘됐으면 잘된 거고, 아닌 거면 아닌 거지, 잘된 것 같은 건 뭔가?"

"그게 좀 애매해요."

"애매하다? 원래 여자들이 보내는 신호란 난해하기 그지없는 법이지. 여자 전문가인 내가 알려 주지. 내가 시킨 대로 차만 마시고 헤어졌나?"

"그러려고 했었죠."

"그러려고 했었다면…… 다시 만났단 말인가?"

"맞아요."

"이런 답답한 아우님을 봤나? 내가 분명히 차만 마시고 일어나라고 충고하지 않았었나? 아쉬움을 남겨야 한다고 그리 강조했건만."

한심한 듯 내려다보며 혀를 끌끌 차고 있는 선만섭 때문에 진풍이 울컥했다.

정말 그러려고 했다.

선만섭의 충고대로 딱 차만 마시고 일어서고 싶었는데,

조금만 더 보고 싶은 걸 어쩌란 말인가?

거기다 모용수린이 위험에 처했는데 어찌 나서지 않는단 말인가?

"그럴 사정이 있었어요."

"흥, 누구나 사정은 있다고 변명하는 법이지."

"정말이었어요."

"됐네. 그래서 어찌했나?"

"같이 있었어요."

"같이 있었겠지. 물론 같이…… 응? 방금 뭐라 그랬나?"

"같이 있었다고요."

"어디서?"

"제 방에서요."

선만섭이 묻는 말에 진풍이 솔직하게 대답했다.

그리고 그 대답을 들은 선만섭의 표정이 바뀌었다.

방금 전까지만 해도 답답한 표정을 짓고 있던 선만섭의 표정은 어느새 감탄으로 바뀌어 있었다.

"아우님!"

"왜요?"

"내가 미처 고수를 알아보지 못했구만."

"고수라니요?"

"대단허이."

"뭐가요?"

"겨우 두 번째 만남 만에 그런 역사를 만들어 냈잖은가?"

"별거 아니에요."

"쉬운 일이 아닌데 겸손하기까지. 숨겨진 고수가 나타났구만."

갑자기 칭찬을 늘어놓기 시작하던 선만섭이 한쪽 눈을 찡긋거리며 물었다.

"그나저나 언제까지 함께 있었나?"

"조금 전까지요."

"조금 전까지라고?"

짝짝짝!

두 눈을 치켜뜬 채 감탄하고 있던 선만섭이 결국 박수를 쳤다.

그리고 짓궂게 웃으며 넌지시 말했다.

"내가 오해를 했구만."

"무슨 오해요?"

"상사병 때문에 피곤한 게 아니라 다른 이유가 있었어."

"다른 이유라뇨?"

"아우님, 보기보다 음흉하구만."

"……?"

"젊은 남녀가 야심한 밤에 한 방에 함께 드러누워서 할 일이 대체 뭐가 있겠는가? 그래서 피곤했던 거였구만. 난 그것도 모르고."

"지금 무슨 소릴 하는 거예요?"

"방금 아우님 입으로 다 얘기해 놓고 왜 이제 와서 갑자기 딴소리인가? 부끄러워할 필요 없네."

선만섭이 뭔가 단단히 오해하고 있다는 사실을 깨달은 진풍이 서둘러 덧붙였다.

"그냥 잠만 잤어요."

"그 말을 나보고 믿으란 말인가?"

"사실이거든요?"

"됐네."

"정말인데."

진풍이 솔직히 말했지만, 선만섭은 영 믿는 기색이 아니었다.

그래서 답답한 표정을 짓고 있을 때였다.

자박자박.

정자 앞으로 누군가 다가왔다.

마치 제 집 안방에 드나드는 것처럼 거침없이 정자 위로 올라서고 있는 젊은 사내를 빤히 바라보던 진풍이 두 눈을 가늘게 떴다.

'고수다!'

무심한 눈길을 던지고 있는 젊은 사내는 기도를 감추고 있었지만, 진풍의 눈을 속일 수는 없었다.

기도를 감추려고 애썼지만, 은연중에 언뜻언뜻 흘러나오

는 날카로운 예기는 젊은 사내의 실력이 절대 평범치 않다는 것을 알려 주고 있었다.

그 날카로운 예기를 놓치지 않은 진풍은 확신했다.

지금 정자 위로 올라선 젊은 사내가 진풍이 하산한 이후에 만났던 무인들 가운데 가장 고수라는 사실을.

'누굴까?'

그래서 진풍이 젊은 사내의 정체에 대해서 호기심을 품었을 때였다.

"자넨 누군가? 못 보던 얼굴인데."

아까부터 무안하리만치 젊은 사내를 빤히 바라보고 있던 선만섭이 진풍을 대신해서 질문을 던져 주었다.

"현무빈."

그 질문을 받은 젊은 사내는 이름 석 자만 밝혔다.

그런 현무빈의 태도가 거슬렸던 걸까?

슬쩍 눈살을 찌푸린 선만섭이 비아냥거리는 투로 물었다.

"자네가 드넓은 강호에서도 손꼽히는 고수인가?"

"아니오."

"그런데 썩 멋지지도 않은 이름 석 자만 달랑 꺼내 놓으면 자네가 누군지 우리가 어떻게 알 수 있겠나?"

"……."

현무빈의 말문을 막히게 만든 선만섭이 의기양양한 표정으로 다시 물었다.

"자넨 뭘 하는 자인가?"

"알 것 없소."

"알 것 없다고? 이 싸가지 없는 새끼가……."

"굳이 알고 싶다면 먼저 정체를 밝히든가."

선만섭이 두 눈을 부라리며 소리를 질렀지만, 현무빈은 눈도 꿈쩍하지 않고 차분한 목소리로 대꾸했다.

"나는…… 나는…… 맹호표국의……."

"밝히기 곤란하면 관두시오."

"곤란할 것 없다. 난 맹호표국의 쟁자수다."

"그렇소?"

현무빈이 무미건조한 목소리로 대꾸하자마자, 선만섭의 얼굴이 살짝 달아오르는 것이 보였다.

"지금 비웃었냐?"

"비웃지 않았소."

"방금 한쪽 입꼬리가 올라간 걸 내 눈으로 똑똑히 봤거늘."

"잘못 봤을 거요."

"이 자식이!"

선만섭이 다시 언성을 높이며 물었다.

"자, 이제 밝혀 보거라. 넌 대체 뭘 하는 놈이냐?"

"나도 쟁자수요."

"쟁자수?"

"오늘부터 맹호표국의 쟁자수로 일하게 됐소."

북해의 얼음처럼 차가운 목소리로 현무빈이 대꾸하는 것을 들은 진풍이 살짝 눈을 치켜떴다.

현무빈과 비교한다면 실력이 형편없는 형인 서순풍도 맹호표국의 표두로 일하고 있었다.

그런 만큼 현무빈 정도의 고수라면 분명히 쟁자수가 아니라 표두가 어울렸다.

그래서 진풍이 의아한 시선을 던지고 있을 때, 두 눈을 가늘게 뜨고 현무빈을 노려보던 선만섭이 입을 뗐다.

"난 자네와 달라."

"아까 쟁자수라 말하지 않았소?"

"그랬지."

"그런데 뭐가 다르다는 거요?"

"난 평범한 쟁자수가 아닐세."

"⋯⋯?"

"특별한 쟁자수지."

"특별한 쟁자수?"

"같은 쟁자수처럼 보여도 자네와는 차원이 다르다는 뜻이지. 쉽게 말해서 난 맹호표국의 비밀 병기라네."

선만섭이 콧김을 내뿜으며 자랑스럽게 말했다.

선만섭은 이걸로 확실히 우위를 점했다고 확신한 듯 보였지만, 아쉽게도 그의 의도는 빗나갔다.

현무빈은 전혀 기죽은 기색 없이 말했다.

"나도 특별한 쟁자수라고 했소."

"응?"

"방 국주가 그리 말했소."

현무빈이 대수롭지 않게 말하는 것을 들은 선만섭의 표정이 구겨졌다.

"방 국주, 알고 보니 몹쓸 사람이었구만."

"내 생각도 마찬가지요."

"흥, 개나 소나 다 특별한 쟁자수로군."

"내 말이 바로 그거요."

"뭐라고?"

"나도 같은 생각이라고 했소."

선만섭과 현무빈이 서로를 바라보는 시선을 피하지 않은 채 팽팽한 기 싸움을 펼치기 시작했다.

그리고 침묵을 먼저 깨트린 것은 현무빈이었다.

"혹시나 해서 하나 묻고 싶은 게 있는데……."

"뭔가?"

"저자도 특별한 쟁자수요?"

현무빈이 진풍을 턱짓으로 가리키며 묻자, 선만섭이 표정을 더욱 구기며 대답했다.

"그렇다더군."

"기가 막힐 노릇이군!"

"기가 막히는 건 나도 마찬가지일세. 그나저나 우리 말일세."

"말하시오."

"의외로 통하는 부분이 있군."

선만섭이 먼저 화해의 손길을 내밀었다.

그리고 현무빈은 사양하지 않고 화해를 위해 내밀고 있는 선만섭의 손을 맞잡았다.

기 싸움을 펼치며 앙숙처럼 서로를 향해 으르렁거리던 두 사람이 갑자기 의기투합했지만, 진풍은 전혀 신경 쓰지 않았다.

자신을 빤히 바라보고 있는 두 사람의 시선을 담담히 받아넘기며 진풍이 혼잣말을 중얼거렸다.

"이러다가 맹호표국이 중원제일표국이 되는 거 아냐?"


"우리 맹호표국으로 말할 것 같으면……."

맞은편에 앉아 있는 고객을 붙잡기 위해서 열변을 토해내던 방천호가 도중에 이야기를 멈추었다.

그리고 새끼손가락을 들어서 귀를 후볐다.

'누가 내 욕을 하는 건가?'

갑자기 귀가 참기 힘들 정도로 가려웠다.

"왜 그러십니까? 무슨 문제라도 생겼습니까?"

향후 맹호표국의 가장 중요한 고객이 될지도 모르는 젊

은 사내가 의아한 시선을 던지는 것을 확인한 방천호가 재빨리 귀를 후비던 것을 멈추었다.

지금은 몰래 자신을 욕하고 있는 사람이 누군지 알아내기 위해서 추측하는 게 중요한 것이 아니었다.

이 젊은 사내의 마음을 사로잡는 것이 우선이었다.

그래서 환하게 웃으며 방천호가 다시 입을 뗐다.

"문제가 있을 리가 없지요. 아까 제가 어디까지 말했습니까? 아, 우리 맹호표국에 대해서 소개를 드리다가 도중에 멈추었었죠. 그럼 다시 계속하겠습니다. 우리 맹호표국의 가장 큰 장점은 고객과의 약속을 가장 중요하게 생각……."

"됐습니다."

"네?"

"그 정도는 이미 알아보고 왔으니까요. 아무런 사전 정보도 없이 의뢰를 맡길 정도로 명월상단이 한심한 곳은 아닙니다."

"물론 그렇겠지요. 명월상단은 드넓은 중원에 난무하는 수많은 상단들 가운데서도 다섯 손가락 안에 드는 곳이니까요."

원래 하려던 말을 끝맺지 못하고 도중에 끊긴 탓에 살짝 기분이 상했다.

하지만 방천호는 언짢은 기색을 드러내지 않고 더욱 환

하게 웃었다.

자신의 맞은편에 앉아 있는 젊은 사내는 중원에서도 다섯 손가락 안에 드는 엄청난 규모를 자랑하는 명월상단의 소단주인 명계남이었다.

그리고 이번에 청해성으로 진출하는 명월상단의 청해지단의 단주가 될 명계남과의 이번 만남의 결과에 따라 맹호표국의 운명은 바뀔 수도 있었다.

그러니 어찌 언짢은 기색을 드러낼 수 있을까?

"어땠습니까?"

누가 부잣집 도련님이 아니랄까 봐 황금색 의복을 입은 것으로 모자라, 손가락마다 굵은 금가락지를 끼고 있는 명계남의 표정을 힐끗 살피며 방천호가 조심스럽게 물었다.

"뭐가 말이오?"

"조금 전에 저희 맹호표국에 대해서 이미 조사를 해 보셨다고 하지 않으셨습니까? 조사 결과가 어떤지 궁금해서……."

"아, 그거!"

방천호의 속이 바싹 타 들어갔다.

하지만 명계남은 바로 대답하지 않고 잔뜩 뜸을 들이며 애를 태우고 있었다.

"방 국주님!"

"네, 기탄없이 말씀하십시오."

"제가 여길 찾아온 이유가 뭐라고 생각하십니까?"

"……?"

"저는 아주 바쁜 사람입니다. 그리고 시간이 황금이라고 생각하는 사람입니다. 그런 제가 여기까지 찾아왔다는 것으로 대답은 충분하지 않겠습니까?"

빙빙 돌리긴 했지만 마침내 원하던 대답을 들은 방천호의 표정에 감출 수 없는 기쁜 감정이 드러났다.

청해성으로 진출을 선언한 명월상단과의 거래만 튼다면 맹호표국의 입지는 이전과 비교할 수 없을 정도로 탄탄해지리라.

그래서 소리라도 지르고 싶은 것을 꾹 참고 있을 때, 명계남이 웃음기를 지우고 정색한 채 말했다.

"하지만 아직 안심하기는 이릅니다."

"무슨 말씀이신지?"

"맹호표국이 과연 우리가 믿고 일을 맡길 수 있는 곳인지 제 눈으로 직접 확인해 보는 과정을 거쳐야겠습니다."

탁.

명계남이 말을 마치며 갈색 가죽 주머니를 탁자 위에 내려놓았다.

그 가죽 주머니를 응시하며 방천호가 물었다.

"이게 뭡니까?"

"표물입니다."

"표물?"

"명월상단과 맹호표국 사이의 첫 거래를 의미하는 겁니다."

"첫 거래란 말입니까?"

"물론 처음이자 마지막 거래가 될 수도 있겠지요."

명계남이 팔짱을 낀 채 말하는 것을 들으며 방천호가 탁자 위에 놓여진 갈색 가죽 주머니를 집어 들었다.

그리고 조심스럽게 열어 보자, 갓난아이 주먹만 한 크기의 야명주들이 다섯 개나 들어 있었다.

"모레까지 백일문에 문주에게 이 다섯 개의 야명주들을 전해 주시면 됩니다."

백일문은 약 십 년 전에 새롭게 세워진 곳이었다.

청해삼절 가운데 일인인 관유정이 세운 백일문은 딱 백일만 수련하면 고수가 될 수 있다고 홍보하며 유명해졌다.

그리고 지난 십 년간 꾸준히 세를 불려 나간 덕분에 지금은 청해성에서도 손꼽히는 무관이 되어 있었다.

백일문에 대한 기억을 더듬던 방천호가 잠시뒤 질문을 던졌다.

"백일문의 문주에게 이 야명주를 전하는 이유가 무엇입니까?"

"그것까지 밝혀야 합니까?"

"물론 그런 건 아니지만……."

"제가 알고 싶은 건 하나뿐입니다."

"……?"

"가능하겠습니까?"

백일문과 맹호표국 사이의 거리는 가깝지 않았다.

이틀 내에 백일문에 도착해서 표물을 전해 주기 위해서는 낮은 물론이고, 밤에도 잠을 자지 않고 쉬지 않고 달려야 했다.

표사들과 쟁자수들이 느낄 피로를 감안한다면 무리한 일정.

원래라면 의뢰를 거절했으리라.

하지만 이제 곧 청해성으로 진출하게 될 명월상단과의 관계를 생각하면 절대 거절할 수 없는 의뢰였다.

그래서 방천호가 잠시도 망설이지 않고 대답했다.

"가능합니다."

"좋습니다. 그럼 한 번 믿어 보죠."

"저희 맹호표국을 믿어도 됩니다."

마침내 명월상단과의 첫 거래를 성사시킨 방천호가 살짝 들뜬 목소리로 말했지만, 명계남은 고개를 흔들었다.

"저는 의심이 많은 사람입니다. 순순히 믿기가 어렵군요."

"……?"

"그래서 조건이 하나 있습니다."

"조건이라면?"

"맹호표국이 얼마나 믿음직한 곳인지 제 눈으로 직접 확인해야겠습니다."

"이번 표행에 함께 따라나서겠다는 겁니까?"

"아까도 말했지만 저는 무척 바쁜 사람입니다."

"그럼?"

"절 대신해서 맹호표국에 대해서 직접 확인할 사람을 보내고 싶습니다."

"누구를 보내겠단 말입니까?"

"바로 이 친구입니다."

명계남이 씩 웃으며 뒤에 서 있던 젊은 사내를 손으로 가리켰다.

그제야 명계남에게만 집중하고 있던 방천호가 젊은 사내에게 시선을 던졌다.

짙은 눈썹과 쭉 뻗은 콧날, 크고 맑은 두 눈이 인상적인 젊은 사내는 여인들의 시선을 한눈에 사로잡을 정도로 대단한 미남이었다.

하지만 방천호는 지금껏 젊은 사내에게 전혀 관심을 기울이지 않았다.

명월상단의 소단주인 명계남과 이번 거래를 성사시키는 것이 무엇보다 중요했기 때문에 다른 것에 신경을 쓸 여유가 없었기 때문이었다.

명계남의 호위무사일 거라 판단하고 있었던 젊은 사내에게 방천호가 비로소 신경을 기울이기 시작했다.

"소개를 좀 해 주시겠습니까?"

"특별히 소개할 건 없습니다. 신비주의자라서 자신의 정체가 드러나는 것을 원하지도 않는 성격이고."

"그럼 이름이라도 알려 주시죠."

"아, 이 친구의 이름은 남궁도입니다."

"남궁도?"

'남궁세가의 사람인가?'

남궁이라는 성은 흔치 않았다.

게다가 남궁도라는 젊은 사내의 기도는 한눈에도 출중함이 느껴졌다.

그래서 방천호가 남궁세가의 인물일 거라고 추측하는 사이, 명계남이 그 추측을 짐작했다는 듯이 허허 웃으며 덧붙였다.

"남궁세가와는 아무 관련이 없는 친구입니다. 성이 남이고 이름이 궁도니까요."

"아!"

친절한 설명 덕분에 자신이 오해했다는 사실을 깨달은 방천호가 희미하게 고개를 끄덕일 때였다.

"이 친구가 이번 표행에 함께 따라나섰으면 합니다."

"알겠습니다. 그럼 자리를 마련하라고 지시하겠습니다."

"그럴 필요 없습니다. 눈에 띄는 것을 원치 않으니 쟁자수들 틈에 섞여서 표행에 따라나서게 해 주십시오."

"쟁자수로 표행에 따라나선다면 많이 불편할 터인데."

"그 점은 마음 쓰지 않으셔도 됩니다. 그리고 이 친구가 가진 실력이라면 불미스러운 상황이 벌어졌을 때 많은 도움이 될 겁니다."

"물론 그렇겠지요."

"국주님께서 이 친구의 마음을 얻도록 해 보십시오."

"그건 또 무슨 말씀이십니까?"

"이 친구의 마음만 얻는다면 아예 맹호표국에 자리를 잡고 눌러앉게 될지도 모르니까요."

뜻밖의 제안이었다.

그래서 한참 만에 말귀를 알아들은 방천호의 표정이 밝아졌다.

서진풍을 시작으로 선만섭에 현무빈까지.

당장 표두를 맡아서 표행을 나선다고 해도 손색이 없을 정도로 뛰어난 고수들이 연이어 맹호표국에 굴러 들어왔다.

그런데 아직 끝이 아니었다.

잘만 하면 남궁도라는 잘생긴 대다가 실력까지 출중한 젊은 사내까지 맹호표국으로 영입할 수 있는 기회가 찾아왔다.

물론 이 뛰어난 인재들이 표두나 표사가 아니라 모두 쟁자수로 일하고 있다는 것은 특이한 점이었지만, 나쁠 건 없었다.

아니, 오히려 좋았다.

비싼 월봉을 아낄 수 있었으니까.

"반갑네. 우리 맹호표국은 뛰어난 인재에게는 절대 지원을 아끼지 않는다네. 앞으로 잘 부탁하네."

남궁도를 향해 과장되게 두 팔을 벌린 방천호가 웃으며 환영사를 건넸다.

8장
색마 선대수

한상 가득 차려진 밥상 앞에 억지로 앉은 모용수린은 당황한 기색을 감추지 못했다.

어서 돌아가겠다고 모용수린이 말했지만, 백화장의 장주인 서만석은 쉽게 고집을 꺾지 않았다.

백화장을 찾은 손님 대접을 그리할 수 없는 법이라고 강조하며 기어이 아침밥이라도 먹고 가라고 했다.

결국 모용수린은 서만석의 고집을 꺾지 못했다.

그러나 꼭 그 이유 때문만은 아니었다.

모용수린도 서만석에게 묻고 싶은 것이 있었기 때문에 못 이긴 척 제안을 받아들인 것이었다.

"찬은 별로 없지만 어서 드시게."

"네, 그럼 신세를 지겠습니다."

일단 수저를 들긴 했지만 입맛이 있을 리 없었다.

그래서 모용수린이 젓가락으로 밥공기 안의 밥알을 셀 기세로 깨작거리고 있을 때, 서만석이 물었다.

"입맛이 없나?"

"그런 게 아니라……."

"하긴 입맛이 없을 만도 하지."

"……?"

"간밤에 정신을 잃을 정도로 술을 마셨으니."

서만석이 혀를 끌끌 차며 말하는 것을 들은 모용수린은 그가 단단히 오해를 하고 있다는 사실을 깨달았다.

"뭔가 오해를 하고 계신 듯한데……."

그래서 오해를 바로잡기 위해서 모용수린이 말을 꺼냈지만, 서만석이 도중에 끼어드는 바람에 제대로 끝맺지도 못했다.

"이미 내 눈으로 직접 다 본 마당인데 오해랄 게 뭐가 있겠는가?"

"정말로 오해가……."

"그나저나 하마터면 못 알아볼 뻔 했네."

"……?"

"자세히 살피고 나서 용봉단에 속해 있던 모용수린 소저라는 것을 알고 나서 적잖이 놀랐다네."

"아, 네……."

"하나만 물어도 되겠는가?"

"말씀하세요."

"우리 진풍이를 어찌 생각하는가?"

모용수린이 전혀 예상치 못했던 갑작스런 질문이었다.

그래서 하마터면 입속에 넣고 씹고 있던 밥알이 목에 걸려 사래에 걸릴 뻔했다.

"서 소협요?"

"그래. 근데 뭘 그리 놀라고 그러나?"

"그게……."

"너무 어려워하지 말고 말하게. 나도 대충 둘 사이를 짐작하고 있으니까."

아무래도 서만석은 뭔가 단단히 오해를 하고 있는 것 같았다.

그 오해를 풀기 위해서 모용수린이 딱 잘라 말했다.

"특별한 사이는 아닙니다."

"특별한 사이가 아니다?"

"그렇습니다."

"흐음!"

모용수린의 대답을 들었지만, 서만석은 납득한 기색이 아니었다.

손으로 턱을 어루만지며 잠시 생각에 잠겨 있던 서만석

이 곁에 앉아 있던 서문화경에게 말했다.

"세상 참 많이 변했소. 우리 땐 이러지 않았는데."

"뜬금없이 그게 무슨 소리예요?"

"당신 기억나지 않소?"

"뭐가요?"

"우리가 처음 함께 밤을 지샌 날 말이오."

"그야 기억나죠."

"그렇소?"

"그것도 어젯밤 일처럼 생생하게 기억나죠."

"역시 당신도 잊지 않고 기억하고 있었구려. 객잔에서 함께 술을 마시고 잔뜩 취해서 한 방에 들어갔던 날. 참 좋지 않았소?"

"당신은 좋았어요?"

"당연히 좋았지. 당신도 무척 좋았으니 마치 어젯밤 일처럼 생생하게 기억하고 있는 것 아니오?"

"내 인생에서 가장 후회스런 날이었기 때문에 생생하게 기억하고 있는 거예요."

"응?"

"그날 순풍이만 생기지 않았다면……."

한숨을 푹푹 내쉬며 갑자기 신세 타령을 하기 시작한 서문화경을 보며 당혹스러워하던 서만석이 재빨리 화제를 돌렸다.

"어쨌든 우리 때는 안 그랬소."

"뭘 말이에요?"

"남녀가 밤을 같이 지새우면 당연히 특별한 사이라고 생각했소."

"그건 그랬죠. 그래서 당신과 혼인을 했으니까."

"지금 후회하는 거요?"

"꼭 내 입으로 확인해야겠어요?"

절레절레 고개를 흔든 서만석이 다시 입을 열었다.

"같이 밤을 보냈는데도 특별한 사이가 아니라는 말인가?"

"그것이……."

모용수린이 대답을 망설였다.

서만석의 말대로 서진풍과 함께 밤을 지새우기는 했었다.

하지만 그건 자신의 의지가 아니었다.

정신을 잃은 와중에 그런 일이 벌어진 것뿐이었다.

그리고 모용수린은 대체 왜 자신이 서진풍의 방에서 함께 누워 있었는지가 오히려 궁금했다.

그래서 모용수린이 물었다.

"서 소협은 어디로 갔습니까?"

"왜? 벌써 보고 싶은가?"

"그게 아니라 꼭 묻고 싶은 게 있어서입니다."

모용수린이 단호하게 말했지만, 서만석은 이번에도 귀담

아듣지 않았다.

"자꾸 묻고 싶은 게 많다고 하는 걸 보니, 자네는 우리 진풍이에게 관심이 많구만. 원래 상대에 대한 관심에서부터 인연이 시작되는 법이지."

전혀 말이 통하지 않는다는 사실을 깨달은 모용수린이 한숨을 내쉴 때, 서만석이 설명을 덧붙였다.

"진풍이는 벌써 출근했네."

"그렇군요."

"그리 보고 싶으면 맹호표국으로 찾아가 보게."

"맹호표국!"

서진풍에게 확인하고 싶은 것이 있었다.

그래서 마음이 급해진 모용수린이 밥공기를 반도 비우지 않고 수저를 내려놓고 자리에서 일어났다.

"벌써 일어나는 건가?"

"제가 급한 일이 있어서 먼저 일어나야겠습니다."

"우리 진풍이가 그리 보고 싶은가?"

"그런 게 아니라……."

"청춘은 뜨겁지. 암, 뜨겁고말고."

혼잣말을 중얼거리고 있는 서만석은 바라보던 모용수린이 짤막한 한숨을 토해 냈다.

어차피 말이 통하지 않는다는 사실을 알고 난 후였기 때문에, 모용수린은 서만석을 더 상대하는 대신 서진풍을 찾아가기로 결심했다.

'대체 뭐가 어떻게 된 거지?'

자신이 잠든 사이, 어떤 일이 있었는지 확인해야 했다.

그것을 위해서 모용수린이 서둘러 백화장을 벗어났다.


모용수린이 떠나고 나자, 방에는 서만석과 서문화경 둘만이 남았다.

밥공기를 깨끗이 비운 서만석이 식탁 위에 수저를 내려놓은 후, 서문화경에게 의아한 시선을 던졌다.

"별로요?"

"뭐가요?"

"모용세가의 여식 말이오."

방금 전까지 함께 식탁 앞에 앉아 있었던 모용수린에 대한 평가를 묻자, 서문화경은 시큰둥한 목소리로 대답했다.

"괜찮네요. 모용세가의 여식이니 배경도 나쁘지 않고, 용봉단에 속해 있다는 것도 마음에 들어요. 굳이 흠을 찾자면……."

"그새 흠을 찾았소?"

"당연하죠."

서만석이 혀를 내두르며 물었다.

"대체 흠이 뭐요?"

"얼굴이 흠이에요."

"얼굴?"

"내 미모에 훨씬 못 미치잖아요."

서만석이 입을 다물었다.

서문화경이 방금 던진 말에 수긍해서가 아니었다.

대꾸할 가치가 없다고 판단했기 때문에 입을 다물어 버린 것이었다.

"왜 갑자기 말이 없어요?"

서문화경이 두 눈을 가늘게 뜨고 추궁하기 시작하자, 서만석이 황급히 화제를 돌렸다.

"그런 당신이야말로 왜 말이 없었소?"

"무슨 소리예요?"

"당신도 방금 전에 괜찮은 아가씨라고 말하지 않았소?"

"그런데요?"

"내가 가장 걱정하는 게 뭔지 아시오?"

"그거야 염왕채잖아요."

바로 흘러나온 서문화경의 대답을 듣고서 서만석이 쓰게 웃었다.

아직 다 갚지 않은 염왕채가 걱정되는 것은 사실이었다.

하지만 염왕채보다 더 걱정되는 것이 있었다.

바로 막내인 진풍이었다.

"요즘 들어 내가 가장 두려운 건 진풍이가 남들처럼 혼인을 하고 자식을 낳아서 평범하게 살지 못 하고 평생 혼자

살게 되는 것이오. 당신도 잘 알겠지만 우리 진풍이는 압도적으로 뚱뚱한 대다가 직업도 변변치 않소. 게다가 백화장도 거의 망한 거나 진배없는 암울한 상황이오. 대체 어떤 여자가 우리 진풍이를 좋아해 줄까? 가끔씩 이런 생각을 할 때마다 눈앞이 깜깜할 지경이었소."

"……"

"그런데 어젯밤에 전혀 예상치 못했던 뜻밖의 일이 생긴 거요. 바로 모용세가의 여식과 우리 진풍이가 같은 방에서 밤을 지새운 것이오. 솔직히 말하면 진풍이가 술을 진탕 먹여서 함께 밤을 지새웠다는 사실을 알고서 처음에는 무척 화가 났소. 형편없을 정도로 한심한 놈이라는 생각이 들었기 때문이오. 하지만 녀석의 방에서 함께 밤을 지새운 게 모용세가의 여식이란 걸 알고 나서 마음이 조금 바뀌었소. 솔직히 말하면 이렇게라도 해서 진풍이 녀석이 좋은 배필을 만났으면 하는 게 부모인 내 바람이오."

"그래서 아까 그렇게 주접을 떤 거예요?"

"주접을 떨다니? 말이 너무 심하지 않소?"

"알았어요. 그래서 주책을 부린 거였어요?"

"주책을 부리는 것처럼 느껴졌소?"

"당연하죠."

서만석이 쓰게 웃었다.

서문화경은 제대로 보았다.

모용수린을 억지로 붙잡아 아침을 함께 먹은 것도, 어떻게든 진풍이와 특별한 관계로 엮어 보려고 했던 것도 서만석의 과한 욕심 때문이었다.

"그렇게라도 하고 싶었소."

"적당히 하고 포기하세요."

"포기하라니? 남의 일도 아니고 자식의 일인데 어찌 그리 쉽게 말할 수 있소?"

"그 아이에게 호감을 품고 있는 녀석이 있어요."

"그게 누구요?"

"당신도 아는 녀석이에요."

"……?"

"추상화!"

"그 싸가지 없는 녀석이 모용세가의 여식을 좋아한단 말이오?"

"그래요."

서만석이 답답한 한숨을 내쉬었다.

추상화는 용봉단의 부단주인데다가, 뚱뚱하지도 않았다.

사내답게 잘생긴 대다가, 벽검장이라는 든든한 배경도 있었다.

아무리 팔은 안으로 굽는다 하나, 진풍이가 상화를 이기고 모용수린의 마음을 차지할 가능성은 거의 없었다.

"우리 불쌍한 진풍이는 이제 어쩌면 좋소?"

"혼자 살면 되죠."

"그게 무슨 소리요?"

"그게 진풍이의 팔자면 어쩔 수 없죠."

"당신 어찌 그런 말을……."

서만석이 말을 끝맺지 못 하고 서문화경을 매섭게 노려

보았다.

'진풍이가 이렇게 된 건 다 당신 탓이오!'

서문화경에게 이렇게 쏘아붙이고 싶었다.

하지만 서만석은 그 말을 목구멍으로 삼켰다.

이제 와서 아내를 탓한다 한들 뭐가 달라질까?

서문화경이 스스로 자신의 잘못을 깨달을 때까지 가만히

기다리는 편이 낫다는 판단이 들었다.

'불쌍한 녀석!'

진풍이를 떠올리던 서만석이 주먹을 움켜쥐었다.

잘났든 못났든 자식이란 사실은 변하지 않았다.

'난 진풍이를 끝까지 포기하지 않겠소.'

서만석이 마음속으로 다시 각오를 다졌다.


척운경이 심각한 표정으로 질문을 던졌다.

"누군지 알아냈나?"

"아직…… 입니다."

허영생이 고개를 숙인 채 대답하자마자, 싸늘한 일갈이

돌아왔다.

"아직도 못 알아내고 뭘 했단 말이냐? 네놈이 하는 일이 대체 무엇이냐?"

그리고 이번 일갈을 던진 것은 척운경이 아니었다.

두 눈에 핏발이 가득 선 채 살기를 뿜어내고 있는 천살귀가 던진 일갈이었다.

자존심이 상한 탓일까?

침입자에게 당하고 나서 기절했다가 깨어난 천살귀는 척운경도 말리기 힘들 정도로 흥분한 상태였다.

그 살기를 감당치 못 하고 고개를 숙여 시선을 피한 허영생이 인상을 쓰며 작게 중얼거렸다.

"찾아내면 어쩔 건데?"

예고도 없이 마교 청해지단으로 침입한 자는 강했다.

공고하다고 자부했던 일차 저지선은 순식간에 뚫리고, 마교 서열 오십 위 안에 든다고 알려진 절정 고수인 천살귀도 속절없이 당했다.

*"방심했을 뿐이야!"*

침입자의 일수도 감당하지 못 하고 쓰러졌던 천살귀는 정신이 들자마자 변명을 꺼내기 급급했다.

그리고 방심했다는 말로 슬쩍 넘어가려고 했지만, 허영

생은 속지 않았다.

방심해서 당한 게 아니었다.

침입자에 비해서 천살귀의 실력이 한참 뒤졌기 때문에 일수도 감당하지 못 하고 쓰러졌던 것이었다.

"방금 뭐라고 중얼거렸느냐?"

'실력은 없는 주제에 귀는 더럽게 밝네!'

허영생이 미간을 찌푸렸다.

작게 혼잣말을 중얼거렸을 뿐인데, 천살귀는 놓치지 않고 핏발 선 두 눈을 부라리고 있었다.

"별말 아니었습니다."

허영생이 재빨리 대답했지만, 천살귀의 의심과 분노는 사그라지지 않았다.

"네놈이 감히 날 경멸해?"

"그런 게 아니라……."

"당장 그놈을 찾아내라."

천살귀의 명령을 듣던 허영생이 인상을 찌푸리며 손을 들어 올렸다.

욱씬.

반만 남은 귓불이 욱씬 거리며 쑤실 때마다, 그 침입자의 얼굴이 떠올랐다.

천살귀만 그놈을 찾고 싶은 것이 아니었다.

누구보다 그놈을 찾아내서 복수하고 싶은 것은 바로 자

신이었다.

"만약 그렇지 못 하면……."

"……?"

"이 자리에서 네놈의 대갈통을 박살 낼 것이다."

천살귀가 뿜어내고 있는 살기가 강렬해졌다.

그 진득한 살기를 접한 허영생이 신형을 부르르 떨었다.

천살귀는 초절정 고수라는 대단한 실력 못지않게 지랄 맞은 성격으로 유명했다.

당장 마교 청해지단에 침입해서 모용수린을 구해 간 놈의 이름을 꺼내 놓지 않으면 정말 죽을지도 모른다는 두려움에 휩싸인 허영생이 서둘러 입을 열었다.

"짐작 가는 놈이 있습니다."

"누구냐?"

"서순풍입니다."

"서순풍? 처음 들어 보는 이름인데?"

서순풍의 이름을 되뇌이던 천살귀가 의심스러운 시선을 던졌다.

"백화장주의 아들입니다."

"뭐하는 놈이지?"

"현재 맹호표국의 표두를 맡고 있습니다."

"맹호표국의 표두라……."

마침내 분풀이를 할 진짜 대상을 찾은 천살귀가 살기를

거두어들였다.

덕분에 허영생이 급히 숨을 들이쉬고 있을 때였다.

"가자."

"어딜 가자는 겁니까?"

"맹호표국. 당장 찾아가서 그놈을 죽여야지."

"죽일 수나 있고?"

"뭣이라?"

"아직 짐작일 뿐이니 좀 더 확인한 후에 움직이는 게 좋을 듯합니다."

"흥! 기다릴 시간이 없다."

"그렇지만……."

허영생이 척운경에게 도움을 청하는 시선을 던졌다.

그러나 척운경은 그 시선을 외면했다.

아무리 척운경이라고 해도 천살귀를 막을 순 없다는 사실을 알아챈 허영생이 한숨을 내쉬었다.

"그럼 일단 가시죠."


쪼르륵.

무림맹주 백문성이 술병을 홀로 기울였다.

만인지상의 위치에 올라 있는 백문성이었지만, 지금 집무실 안에서 홀로 술을 마시는 그의 모습은 너무 소탈해서 초라하게 느껴질 정도였다.

제갈휘는 결국 홀로 잔을 홀로 채우는 백문성의 모습을 더 지켜보지 못 하고 앞으로 다가가서 술병을 받아 들었다.

"제가 따르죠."

"웬일인가? 자네가 내게 술을 다 따라 주고."

"자작을 하면 앞에 있는 사람이 삼 년간 재수가 없다고들 하더군요."

"삼 년간 재수가 없다? 무림맹의 지낭이라 불리는 자네가 그런 미신도 믿는가?"

"미신 따윌 믿지는 않습니다."

"그런데?"

"신경은 쓰이더군요."

제갈휘가 술잔을 채우며 대꾸하는 것을 들은 백문성의 입가로 희미한 웃음이 떠올랐다.

그리고 술병을 집무실 탁자 위에 내려놓는 제갈휘에게 넌지시 말했다.

"내가 왜 자넬 곁에 두고 있는지 아는가?"

"알고 있습니다."

"호오, 이유가 뭐라고 생각하는가?"

"저만큼 뛰어난 인재가 없으니까요."

"하하, 맞네."

제갈휘의 대답이 끝나자마자, 백문성은 너털웃음을 터트리며 수긍했다.

그리고 단숨에 잔을 비운 후 덧붙였다.

"그런데 그 이유가 전부는 아닐세. 다른 이유도 있지."

"말씀해 주시지요."

"얼핏 보면 아주 냉정한 것처럼 보이지만 실상을 알고 보면 마음이 약하기 때문이지."

"……."

"내가 외로워 보여서 잔을 채워 준 것만 봐도 알 수 있지."

백문성이 말을 마치며 빈 잔을 내밀었다.

"앉게."

"저는 됐습니다."

"내게 묻고 싶은 게 있다는 걸 알고 있네."

"솔직하게 대답해 주시겠습니까?"

"맨입으로?"

익살스런 표정을 짓던 백문성이 손짓하며 어서 앉으라고 재촉했다.

"같이 한잔해 주면 그리하겠네."

"그럼 앉겠습니다."

백문성이 내밀고 있는 빈 잔을 움켜쥔 제갈휘가 맞은편에 앉았다.

그리고 잔을 채워 주기 위해 술병을 들어 올린 백문성이 불쑥 질문을 던졌다.

"이번 행사가 이해가 안 되겠지?"

뜬금없는 말이었지만 제갈휘는 지금 백문성이 말하는 이번 행사가 바로 용봉단을 움직인 것임을 단번에 알아챘다.

그래서 제갈휘가 담담한 목소리로 되물었다.

"색마 선대수를 처단하는 것이 용봉단을 움직일 정도로 가치가 있는 일이었습니까?"

"자네 생각은 어떤가?"

"그 정도의 가치가 없다고 판단하고 있습니다."

"색마 선대수는 힘없는 부녀자들을 겁간해 능욕하고, 죽이기까지 한 흉악한 마두일세. 그런데도 가치가 없다고 판단한 이유가 뭔가?"

"선대수는 억울한 누명을 썼으니까요."

"……."

"그는 흉악한 마두가 아닙니다."

제갈휘가 반박하자, 백문성의 표정이 살짝 굳어졌다.

그리고 잠시 고민에 잠긴 것처럼 보이던 백문성이 한참만에야 다시 입을 뗐다.

"그자가 누명을 썼다는 증거가 있는가?"

담담한 목소리로 질문을 던지고 있었지만, 백문성의 눈빛은 무척 강렬했다.

그 강렬한 시선이 부담스러워진 제갈휘가 시선을 돌렸다.

어둠으로 물든 창밖을 바라보며 제갈휘가 대답했다.

"조사를 했습니다."

"결과는?"

"선대수가 누명을 썼다는 증거가 나왔습니다."

"말해 보게."

"그가 만났던 여인들을 모두 만났습니다. 그리고 그들의 이야기를 들어 본 결과, 선대수에 대한 평판은 나쁘지 않았습니다. 그를 미워하기는커녕 오히려 그리워하는 여인들이 대부분이었죠."

"……."

"실제로 당시 선대수의 이름 앞에는 색마가 아니라 색협이란 별호가 붙어 있었을 정도였습니다."

"색마가 아니라 색협이라…… 그놈에게 능욕을 당한 뒤 목숨까지 잃은 여인들이 들으면 무덤을 헤치고 뛰쳐나올 법한 이야기로군."

백문성이 코웃음을 치며 비난을 퍼부었지만, 제갈휘는 멈추지 않고 말을 이어 나갔다.

"그런데 갑자기 선대수가 흉악한 마두로 몰리게 된 시기를 파악해 보니 현가장이 멸문당한 시기와 겹쳤습니다. 저는 여기에 의문을 품었습니다. 그래서 현가장과 색마 선대수 사이에 어떤 연관이 있을 거라고 확신하고 조사를 한 결과……."

"그만두게."

백문성이 언짢은 표정으로 제지하는 것을 들은 제갈휘가 도중에 입을 다물었다.

그리고 말없이 앞에 놓인 술잔을 비우고 내려놓을 때, 백문성이 심란한 표정을 감추지 않은 채 다시 물었다.

"선대수가 누명을 썼다면 그에게 누명을 씌운 자도 존재하겠군."

"그렇습니다."

"그게 누군지도 알아냈나?"

독주라서일까?

제갈휘의 목이 탔다.

그래서 마른침을 꿀꺽 삼킨 제갈휘가 장탄식에 가까운 긴 한숨을 내쉬며 질문에 대한 답을 꺼냈다.

"맹주님입니다."

제갈휘가 창밖으로 향해 있던 시선을 거두었다.

그리고 백문성의 반응을 살피기 위해서 그의 얼굴에 시선을 고정했다.

꿈틀!

제갈휘가 제대로 짚어서일까?

백문성의 짙고 굵은 눈썹이 꿈틀거렸다.

그 반응을 놓치지 않은 제갈휘가 확인하기 위해서 재차 물었다.

"맞습니까?"

"후우, 역시 자넨 속일 수 없구만."

"……."

"맞네."

순순히 인정하는 백문성을 바라보던 제갈휘가 다시 마른 침을 삼켰다.

자신이 선대수에게 누명을 씌운 게 맞다고 인정하는 백문성의 두 눈이 순간 강렬한 살기로 일렁인 건 착각이 아니었다.

'살인멸구!'

가능성은 충분했다.

그래서 긴장의 끈을 늦추지 않은 채 제갈휘가 조심스럽게 물었다.

"죽일 생각입니까?"

"그럴 생각이네. 그래야 내가 살 수 있으니까."

백문성이 너무 당연하다는 듯이 대꾸하는 바람에 제갈휘는 순간 말문이 막혔다.

다시 목이 타기 시작해서 술병을 향해 제갈휘가 손을 뻗었지만, 백문성의 손이 조금 더 빨랐다.

"자네 낯빛이 왜 그리 창백한가?"

술병을 기울여 술잔을 채워 주며 백문성이 은근한 목소리로 물었다.

"죽음이 임박했으니까요. 죽음 앞에 초연할 수 있는 사람은 없는 법입니다."

"자네, 혹시 죽을병이라도 걸렸나?"

"지금 조롱하는 겁니까?"

제갈휘가 정색하고 묻자, 백문성이 너털웃음을 터트렸다.

"단단히 오해를 했나 보군."

"오해라면?"

"내가 죽인다고 한 것은 색마 선대수라는 놈일세."

"……?"

"아까도 말하지 않았나? 난 자네를 좋아한다고. 그리고 자네 같은 뛰어난 인재를 계속 곁에 두고 싶네."

지척까지 다가왔다고 여겼던 죽음의 공포에서 벗어난 덕분에 제갈휘가 안도의 한숨을 내쉴 때였다.

"얼마나 알고 있나?"

"아까 말씀드린 게 전부입니다."

"더 조사할 생각인가?"

"그건……."

"이쯤에서 덮어 주게."

"……."

"명령이 아니라 부탁일세."

백문성은 진심을 담아서 부탁하고 있었다.

그래서 선뜻 대답을 하지 못 하고 망설일 때였다.

"누구나 세상에 드러내고 싶지 않은 치부 하나쯤은 가지

고 있지 않은가? 색마 선대수가 죽어야만 내 치부가 드러
나지 않네."

"대체 어떤 치부입니까?"

"그건 자네에게도 알려 줄 수 없네."

"절 믿지 못 하는 겁니까?"

"아닐세. 난 자네를 믿네. 그리고 자네를 무척 좋아하기
도 하지. 그래서 더욱 알려 줄 수 없는 것이네."

"······?"

"자네를 내 손으로 죽이기 싫거든."

백문성이 담담한 목소리로 꺼낸 말속에 담긴 의미를 파
악한 제갈휘가 한숨을 내쉬며 질문을 바꾸었다.

"그 치부가 가진 파급력은 어느 정도입니까?"

"만약 그 치부가 세상에 알려진다면 난 이 자리에서 물
러나야 될 걸세."

백문성은 잠시도 지체하지 않고 대답했다.

'대체 어떤 치부이길래?'

백문성이 무림맹주 직책에서 물러날 정도로 대단한 파급
력을 가진 치부가 과연 무엇인지 알고 싶었다.

하지만 백문성이 입을 굳게 다물어 버린 이상, 그 치부가
무엇인지 당장 알아낼 수 있는 방도는 없었다.

깊은 고민에 잠겼던 제갈휘가 마침내 마음의 결정을 내
렸다.

"맹주님은 좋은 분이 아닙니다."

"아무리 그래도 바로 코앞에서 그런 말을 하다니……."

"하지만 좋은 맹주님입니다."

"칭찬인가? 욕인가?"

커다란 손에 어울리지 않는 작은 술잔을 들어 올리는 백문성을 응시하던 제갈휘가 한숨을 내쉬며 덧붙였다.

"그 부탁, 들어드리겠습니다."

9장

왜 이렇게 불안하지?

명월상단에서 들어온 첫 번째 의뢰!

앞으로 명월상단을 맹호표국의 고객으로 만들기 위해서는 이번 표행이 아주 중요했다.

그래서 방천호는 직접 표행을 이끌기로 결정했다.

앞장서서 표행을 이끌 준비를 하던 방천호가 흐뭇한 시선으로 이번 표행에 나서는 구성원들을 살펴보았다.

총표두인 자신 외에도 또 한 명의 표두가 나섰다.

표두 서순풍.

긴장한 탓일까?

낯빛이 하얗게 질린 채 잔뜩 긴장하고 있는 서순풍을 확인한 방천호가 입가에 머물러 있던 흐뭇한 웃음이 사라졌다.

아직 말에 타는 것도 익숙치 않은 듯 고삐를 단단히 움켜쥔 채 잔뜩 웅크리고 있는 서순풍은 표행에 전혀 도움이 될 것 같지 않았다.

되려 방해나 되지 않으면 다행일 듯 보였다.

얼른 고개를 돌려 버린 방천호가 표사들의 면면을 살폈다.

표행에 나서는 표사들의 수는 모두 다섯이었다.

이번 표행의 중요성을 감안한다면 표사들의 수는 많지 않은 편이었다.

그러나 방천호는 전혀 걱정하지 않았다.

그 이유는 이번 표행에 함께 나서는 쟁자수들 때문이었다.

이번 표행의 표물은 갈색 가죽 주머니에 든 다섯 개의 야명주!

표물의 부피도 적고 무게도 나가지 않기 때문에 사실 쟁자수들은 따라나설 필요도 없는 표행이었다.

그러나 방천호는 이번 표행에 네 명의 쟁자수들과 동행했다.

서진풍, 선만섭, 현무빈, 그리고 남궁도까지.

겉으로 보기에는 표두 둘과 표사 다섯이 나서는 단촐한 표행.

하지만 내막을 알고 보면 달랐다.

표두로도 손색없는 실력을 갖춘 쟁자수들이 넷이나 따라 나섰으니, 표두만 여섯이 나서는 엄청난 표행이었다.

표두인 서순풍보다 훨씬 더 든든한 쟁자수들의 면면을 살피던 방천호의 입가에 다시 흐뭇한 웃음이 걸렸다.

투르릉.

어서 출발하자는 듯 콧김을 내뿜고 있는 애마에 천천히 올라탄 방천호가 목청을 돋우어 소리쳤다.

"출행!"


순풍은 표두로서 나서는 첫 표행을 앞두고 겁에 질렸다.

맹호표국의 국주인 방천호가 총표두로 함께 표행에 나서 긴 했지만, 그래도 떨리는 것은 어쩔 수 없었다.

"너무 조촐하잖아!"

표두 둘에 표사 다섯, 그리고 쟁자수 넷!

이번 표행의 규모는 지난번에 몸담았던 용흥표국에 비해서도 초라한 편이었다.

'표두가 둘이지만 난 전혀 도움이 안 되니까 계산에서 제외하고, 쟁자수들도 어차피 무공을 모르니까 또 제외, 그럼 표두 한 명에 표사 다섯 명이 다야!'

빠르게 머리를 굴려 계산을 마친 순풍이 한숨을 내쉬었다.

총표두를 맡고 있는 방천호가 절정 고수라고는 하나, 순풍이 알기로는 절정의 초입에 막 발을 디뎠을 뿐이었다.

그리고 남의 말을 믿어서는 안 됐다.

자신의 눈으로 방천호의 실력을 확인한 적이 없는 만큼, 곧이곧대로 믿기 어려웠다.

다섯 명의 표사들도 일류와 이류 고수들로 이루어져 있다고 했지만, 얼마나 실력을 발휘할지는 모르는 노릇이었다.

직접 위험한 상황에 맞닥트려 봐야 진짜 실력이 나오는 법이었다.

마음 같아서는 표행에 나서는 표두와 표사들의 수를 좀 더 늘려야 한다고 강력하게 주장하고 싶었다.

하지만 아직 신입인 대다가, 방천호와 아버지의 인연 덕분에 낙하산으로 표두가 된 순풍의 입장에서 그 말을 꺼내기는 어려웠다.

히히힝.

그래서 한숨만 푹푹 내쉬던 진풍이 말고삐를 힘껏 움켜쥐었다.

가뜩이나 심란한 판국인데, 말마저 뜻대로 움직이지 않았다.

하마터면 말에서 떨어질 뻔한 위기를 간신히 넘기고 안도하고 있을 때, 동생인 진풍이 비대한 몸을 이끌고 곁으로 다가왔다.

"형!"

"무슨 일이야?"

"어디 아파?"

"왜?"

"얼굴색이 안 좋아 보여."

다리가 후들거릴 정도로 겁이 나는데, 얼굴색이 안 좋은
게 당연하리라.

어쨌든 가족이 편했다.

단숨에 자신의 상태가 이상하다는 것을 알아채고 걱정스
런 기색으로 다가온 진풍에게 순풍이 속내를 털어놓았다.

"무서워 죽겠어."

"뭐가?"

"무시무시한 산적들이라도 만날까 봐. 네가 봐도 이번
표행에 나서는 인원이 너무 단출하지 않아? 아니다. 한낱
쟁자수인 네가 뭘 알겠냐? 어쨌든 이건 산적들에게 우리
좀 털어 가세요, 하고 부탁하는 것이나 마찬가지라……."

"아닌데."

"응?"

"단출하지 않다고."

솔직하게 속내를 털어놓으며 불평을 늘어놓던 순풍이 의
아한 시선을 던졌다.

"무슨 소리야? 표두 둘에 표사 다섯이면 단출해. 그리고
너도 알잖아. 난 별로 도움이 안 될 거라는 것."

"그건 알아."

"그런데도 단출하지 않다는 건 무슨 소리야?"

"형이 빠트린 게 있어."

"내가 빠트린 게 있다고?"

순풍이 고개를 갸웃했다.

혹시나 하는 마음에 다시 표행에 나서는 인원들을 꼼꼼하게 점검해 보았지만, 아무리 고민해 봐도 빠트린 건 없어 보였다.

그래서 의아한 표정을 던지고 있자, 진풍이 덧붙였다.

"쟁자수들이 넷이나 있잖아."

"쟁자수들? 네가 잘 몰라서 그런 말을 하는가 본데, 쟁자수들은 무공을 모르기 때문에 위험한 상황에 처했을 때 아무 도움도 안 돼."

"도움이 될 거야."

"응?"

"그냥 쟁자수가 아니거든."

"그냥 쟁자수가 아니면?"

"특별한 쟁자수들이야."

'특별한 쟁자수?'

진풍의 이야기를 듣던 순풍이 의심쩍은 시선을 던졌지만, 진풍은 확신에 찬 목소리로 덧붙였다.

"형은 잘 모르겠지만…… 모두 맹호표국의 비밀 병기들

이거든."

"드디어 첫 표행이군!"

선대수가 혀를 내밀어 바싹 마른 입술을 훑었다.

선만섭이라는 가명을 쓰면서 신분을 위장한 채 맹호표국의 쟁자수로 들어온 것이 약 열흘 전이었다.

그동안 아무것도 하지 않고 빈둥거리며 지내다가, 마침내 첫 표행에 나서게 된 선대수는 살짝 긴장한 채 주위를 살폈다.

그리고 이내 쓴웃음을 머금었다.

'이거야 원, 쟁자수들이 표두나 표사들보다 훨씬 고수가 아닌가?'

이번 표행을 이끌고 있는 총표두 방천호는 절정 고수라 하나, 아직 절정의 초입에 발을 디뎠을 뿐.

그리고 방천호와 함께 표두로 나선 서순풍이라는 자는 표두라는 것이 믿기지 않을 정도로 기도가 형편없었다.

'대단한 뒷배가 있는 건가?'

일류와 이류 고수들이 뒤섞여 있는 표사들보다도 기도가 못한 서순풍을 확인한 선대수가 고개를 절레절레 흔들다가 함께 표행에 나서게 된 쟁자수들을 살피면서 두 눈을 빛냈다.

'저놈은 왜 쟁자수를 하겠다고 기어 들어온 거지?'

선대수가 가장 먼저 살핀 것은 현무빈이었다.

아직 직접 손속을 겨눈 적이 없어서 확인은 하지 못 했지만, 현무빈은 실력이 꽤 대단한 고수였다.

'절정의 초벽에 가로막힌 듯 보이는데……'

무공 수위를 나누는 방식은 여럿 있었지만, 크게 나누면 다섯으로 분류할 수 있었다.

삼류와 이류, 일류, 절정, 그리고 초절정.

물론 초절정의 단계를 훌쩍 뛰어넘은 대단한 무인들도 존재했지만 그들은 극히 일부일 뿐이다.

그리고 각각의 무공 단계에서도 세 가지로 나눌 수 있었다.

초벽과 중벽, 그리고 후벽!

각 단계에서는 벽이 존재했다.

예를 들어 절정의 단계에 들어서서 초벽에 가로막힌 자를 절정의 초입에 막 발을 디뎠다고 하는 것이었다.

선대수가 보기에 현무빈은 일류 고수 단계를 뛰어넘어 절정 고수의 단계에 돌입했지만, 아직 초벽에 가로막혀서 진전이 없는 상태.

즉, 절정의 초입에 들어선 자였다.

그리고 이만한 고수인 현무빈이 대체 왜 맹호표국의 쟁자수가 되겠다고 기어 들어왔는지 이해가 가지 않았다.

"왜 그리 보시오?"

마침 시선이 부딪힌 탓에, 현무빈이 질문했다.

의문이 깃든 현무빈의 시선을 확인한 선대수가 다시 쓴 웃음을 지었다.

현무빈이라고 해서 자신이 절정의 초입에 다다른 고수라는 사실을 모를 리가 없었다.

그런 만큼 그도 같은 의문을 품고 있는 것이라는 생각이 들었다.

'각자 사연이 있겠지!'

선대수는 뚜렷한 목적이 있어서 맹호표국의 표두가 아닌 쟁자수로 들어왔다.

그리고 그것은 현무빈도 마찬가지리라.

"닮았군!"

"……?"

"자세히 살피니 내가 아는 사람과 많이 닮았어."

그 말을 들은 순간 현무빈의 표정이 굳어졌지만, 선대수는 이미 고개를 돌려서 오늘 새로 들어온 쟁자수인 남궁도를 바라보기 시작했다.

붓으로 그려 놓은 것 같은 짙은 눈썹과 시원하게 뻗은 콧날, 강렬한 시선을 내뿜고 있는 커다란 두 눈.

남궁도는 보기 드문 미남이었다.

그런 남궁도를 빤히 바라보던 선만섭이 참지 못하고 먼저 말을 걸었다.

"자넨 잘생겼군. 꼭 젊은 시절의 날 보는 것 같아."

"칭찬으로 듣겠소."

남궁도가 무뚝뚝한 목소리로 대답했다.

마지못해 대답하는 기색이 역력해 보였지만, 선만섭은 멈추지 않고 대화를 이어 나갔다.

"이해가 안 되는군."

"뭐가 말이오?"

"내가 보기에는 쟁자수로 일할 만한 사람처럼 보이지 않아서 말이지."

"직업에는 귀천이 없다고 생각하오."

"물론 그렇긴 하지."

"마찬가지인 것 같소만."

"응?"

"그쪽도 쟁자수로 일할 사람은 아닌 것 같다는 뜻이오."

"이거 제대로 한 방 얻어맞았군."

선대수가 슬그머니 말끝을 흐렸다.

맹호표국의 쟁자수라는 울타리로 함께 묶여 있는 범상치 않은 자들의 정체와 내력을 알아보기 위해서 시작한 대화였지만, 아무런 소득도 없었다.

그리고 이건 당연한 결과였다.

선대수가 먼저 마음을 열지 않았는데, 상대가 마음의 문을 열고 솔직한 이야기를 꺼낼 리가 없었다.

그래서 쓰게 웃던 선대수가 마지막으로 서진풍을 향해
고개를 돌렸다.

'이놈은 대체 뭘까?'

서진풍은 자기 입으로 맹호표국의 비밀 병기라고 말했다.

하지만 선대수는 그 말을 순순히 믿기 힘들었다.

그저 바라보는 것만으로도 가슴을 답답하게 만들 정도로
뚱뚱한 고수는 한 번도 본 적이 없었으니까.

마침 시선이 부딪힌 순간, 서진풍이 물었다.

"어디로 가는 거예요?"

"아우님은 그것도 모르고 이번 표행에 따라나섰나?"

"못 들었어요. 계속 잤거든요."

그러고 보니 서진풍은 아침부터 정자에 드러누워서 계속
잠만 잤다.

마지못해 표행에 따라나서기는 했지만, 넓적한 얼굴에는
피곤한 기색이 역력하게 드러나고 있었다.

"이번 표행의 목적지는 백일장이네."

"백일장이 어딘데요?"

"백일장도 모르는 건가?"

"몰라요."

"백일장은 요 근래 청해성에서 가장 급격하게 세를 불리
고 있는 단체이네. 청해삼절 중 일인인 관유정이 세운 곳으
로……"

"잠깐! 방금 누구라고 했어요?"

"청해삼절 중 한 사람인 관유정이라고 했네. 왜? 아우님
이 관유정을 아는가?"

"알죠. 그것도 아주 잘 알죠."

흠칫.

관유정에 대해서 말할 때, 단추 구멍처럼 작고 옆으로 쫙
찢어진 진풍의 두 눈에서 순간 뿜어져 나온 예기를 마주한
선대수가 움찔했다.

'이 자식, 진짜 뭐지?'

순간, 소름이 돋을 정도로 강렬한 시선을 접한 선대수는
지금까지 서진풍에 대해 가지고 있던 생각이 순식간에 바뀌
었다.


*"나도 비밀 병기거든요."*


예전에 서진풍이 아무렇게나 꺼냈던 말이 진짜일지도 모
른다는 생각이 순간 들어서 선대수가 다시 서진풍을 살폈
다.

그런 그가 고개를 갸웃했다.

'착각이었나?'

날카로운 예기를 발산하는 서진풍의 두 눈은 어느새 흐
리멍덩하게 바뀌어 있었다.

그리고 피곤에 절어 있는 넓적한 얼굴을 바라보고 있을 때였다.

"멈추어라!"

총표두로서 이번 표행을 이끌고 있는 방천호가 출행 이후 꼬박 하루가 지나고 나서야 처음으로 멈추라는 지시를 내렸다.

지금까지는 특별한 문제가 발생하지 않았던 순조로운 표행이었다.

이제 두 시진 정도만 더 이동하면 목적지인 백일장에 도착할 수 있었는데 표행 막바지에 문제가 생긴 듯 보였다.

선대수가 고개를 돌려 힐끗 살피자, 관도를 막고 선 일단의 무리들이 보였다.

"산적들인가?"

표행을 가로막은 자들을 응시하던 선대수가 코웃음을 쳤다.

"겁 없는 산적들이 아무리 몰려들어 봐야 소용없지. 마교의 무리들이 한꺼번에 몰려든다면 또 모를까?"

마교가 일개 표국의 표행을 가로막을 가능성은 전혀 없었다.

그래서 선대수가 대수롭지 않게 여기고 있을 때였다.

"마교예요."

"응?"

"마교라구요."

표행을 막고 선 자들을 살피던 서진풍이 말했다.

"천살귀예요."

"천살…… 귀?"

천살귀는 마교 서열 오십 위 안에 든다고 알려진 초절정 고수.

그런 천살귀가 수하들을 이끌고 나타나 표행을 막아섰다는 사실을 알게 된 선대수의 낯빛이 헬쓱 하게 변했다.

"아우님, 확실한가?"

"확실해요."

"어찌 그리 확신하는가?"

"얼마 전에 천살귀를 만난 적이 있거든요."

서진풍이 이렇게까지 말하니 믿지 않을 수도 없는 노릇.

잠시 서진풍이 천살귀를 만난 연유가 궁금하기도 했지만, 선대수는 이내 관심을 접었다.

지금은 천살귀가 이끌고 온 마교도들을 상대하는 것이 우선이라는 판단을 내렸기 때문이었다.

'어찌해야 하나?'

표두인 방천호와 서순풍, 그리고 표사 다섯이 모두 달려든다고 해도, 천살귀 한 명을 감당하기도 역부족이었다.

그리고 방천호가 여기서 죽는다면 맹호표국은 문을 닫으리라.

'그건 곤란한데.'

선대수에게는 맹호표국에 몸을 담고 있어야 할 이유가 아직 남아 있었다.

그래서 고민에 잠긴 채 표행을 가로막고 서 있는 천살귀를 유심히 살피던 선대수가 중얼거렸다.

"그런데 대체 왜 천살귀가 나타난 거지?"


갑자기 나타나서 표행을 막아선 자들을 살피던 방천호의 표정이 굳어졌다.

그저 그런 산적들이 아니었다.

잘 벼려진 칼날 같은 날카로운 기세가 은연중에 흘러나오고 있는 것이 그 증거였다.

잔뜩 긴장한 채 앞을 막고 선 자들을 훑어보고 있던 방천호의 시선이 가운데에 선 노인에게서 멈추었다.

'대단한 고수다!'

작은 체구와 초라해 보이는 노인이 감히 자신이 측정하는 것조차 불가능할 정도로 고수라는 것을 직감적으로 깨달은 방천호가 조심스럽게 입을 뗐다.

"누구십니까?"

"강호의 동도들은 노부를 천살귀라 부르더군."

"천살귀!"

노인의 정체가 천살귀임을 알게 된 방천호의 눈빛이 크게 흔들렸다.

대단한 고수일 거라고 어느 정도 짐작은 했지만…… 설마 천살귀일 줄이야.

숨이 턱 하고 막히는 느낌이 들었다.

그리고 예전이었다면 죽음의 공포로 인해 몸이 덜덜 떨렸으리라.

하지만 지금은 달랐다.

방천호에게는 믿는 구석이 있었다.

특별한 쟁자수들!

맹호표국의 비밀 병기라 할 수 있는 쟁자수들과 함께였기에, 방천호는 가까스로 침착함을 유지할 수 있었다.

"맹호표국의 표행을 막아선 연유가 무엇입니까?"

방천호가 비교적 차분한 목소리로 질문은 던지자, 천살귀의 두 눈에 의외라는 빛이 스치고 지나갔다.

"혹시 표물 때문입니까?"

"흥, 표물 따윈 관심 없다."

"그럼 진짜 연유가 무엇입니까?"

"서순풍이 누구냐?"

히히힝!

천살귀의 말이 끝나기 무섭게 요란한 말 울음소리가 울려 퍼졌다.

쿵!

뒤이어 무언가 바닥에 떨어지는 소리가 떨렸다.

소리가 들려온 방향으로 슬쩍 고개를 돌린 방천호가 슬쩍 미간을 찌푸렸다.

"한심하구만!"

굳이 천살귀의 질문에 대답할 필요도 없었다.

천살귀의 입에서 자신의 이름이 흘러나오자, 깜짝 놀란 서순풍이 말에서 굴러 떨어져서 자신의 존재를 알려 주고 있었다.

"설마 저놈인가?"

허리를 부여잡고 있는 서순풍을 힐끗 바라본 천살귀가 물었다.

"맞소!"

"저놈이 맞다고? 맹호표국의 표두인 서순풍이 정말 맞느냐?"

"틀림없소. 근데 대체 왜 서 표두를 찾는 겁니까?"

"그게……."

천살귀가 대답을 하던 도중 신형을 날렸다.

그리고 누군가의 멱살을 잡고 끌어낸 후 다그치기 시작했다.

"서순풍이라는 놈이 저 한심한 놈이라고? 네 눈에는 저놈이 그놈과 동일인으로 보이느냐?"

"그게 뭔가 착오가 있었던 것 같습니다."

"착오? 지금 그걸 말이라고 지껄이는 게냐?"

쿵.

천살귀가 멱살을 잡고 있던 사내를 허공에 들어 올렸다가 바닥에 내팽개쳤다.

그런 그의 두 눈은 살기로 번들거리고 있었다.

"쓸모없는 놈들. 한 놈도 남김없이 다 죽여 주마."

"그게 무슨 말씀입니까? 아무 이유도 없이……."

"이유 따윈 필요 없다."

"……."

"내 기분이 더러우니까."

방천호가 억울한 표정을 지은 채, 천살귀를 바라보았다.

말 그대로 억지였다.

하지만 천살귀는 말이 통하지 않는 상대였다.

이건 억지라고 주장해 봐야 소용이 없었다.

그래서 방천호는 천살귀가 아닌, 조금 전 말에서 굴러 떨어진 서순풍에게 원망 섞인 눈초리를 던졌다.

서순풍과 천살귀 사이에 어떤 악연이 존재하는지는 알지 못했다.

어쨌든 천살귀가 나타났고, 그의 입에서 서순풍의 이름이 흘러나왔다는 게 문제였다.

'짐덩이를 맡았다 했더니!'

챙. 챙.

서순풍을 노려보던 방천호가 답답한 한숨을 내쉴 때, 천살귀가 독문병기인 두 자루의 단검을 움켜쥔 채 신형을 날렸다.

진풍이 답답한 한숨을 내쉬었다.

천살귀가 이 먼 곳까지 찾아와서 맹호표국의 표행을 가로막고 선 이유가 대충 짐작이 갔다.

지난번, 모용수린을 구하기 위해서 자신이 마교 청해지단으로 쳐들어갔던 것과 연관이 있는 게 틀림없었다.

"서순풍이 누구냐?"

천살귀가 형을 찾는 것은 도중에 뭔가 착오가 생긴 것이리라.

쿵!

아무 죄도 없는 겁 많은 형은 천살귀의 입에서 자신의 이름이 흘러나오자마자, 놀라 말에서 굴러 떨어졌다.

다시 일어서지도 못 하고 허리를 부여잡은 채 형이 겁에 질린 채 혼잣말을 중얼거리는 게 들렸다.

"난 아무 죄도 없는데. 내가 이럴까 봐 표두 안 하려고 했는데. 진짜 표두 따위 하고 싶지 않았는데. 불쌍한 내 팔자. 결국 내 뜻대로 한 번 살아 보지도 못 하고 이렇게 허무하게 가는구나."

용흥표국이 문을 닫은 덕분에 간신히 한량이라는 꿈을 잠시 이루는 데 성공했던 형을 다시 표두로 만든 게 바로 자신이었다.

그래서 형에게 더 미안했다.

그리고 불쌍한 형을 이대로 떠나보낼 수는 없는 노릇이었다.

그래서 진풍이 양손에 단검을 움켜쥐고 살기를 흘려 내고 있는 천살귀를 노려보았다.

"서괴 사부 말이 맞았네."

서괴 사부는 강호에 나가면 독심을 품어야 한다고 몇 번씩이나 강조했었다.

후환이 될 법한 것은 아예 뿌리 채 뽑아 놓으라고 충고했었는데.

따지고 보면 그날, 천살귀를 죽이지 않았기 때문에 이런 후환이 발생한 셈이었다.

물론 진풍이 일부러 살려 준 것은 아니었다.

자신에게 주어진 시간이 얼마 없었기 때문에 천살귀를 죽이지 못 했던 것이었다.

어쨌든 그래서 아까운 보진단을 또 하나 사용하게 됐다.

"아까운데."

진풍이 한숨을 내쉬며 등에 메고 있던 봇짐을 풀었다.

그리고 유사시를 대비해서 봇짐 속에 넣어 두었던 보진단을 하나 꺼냈다.

"기왕 만들어 주는 거, 좀 넉넉하게 만들어 줄 것이지."

북괴 사부가 하산 선물로 건네 주었던 보진단은 총 세 개.

지난번 모용수린을 구하기 위해서 세 개의 보진단 가운데 하나를 복용했기 때문에 남은 것은 두 개뿐이었다.

그리고 지금 또 하나를 복용하게 되면 한 개밖에 남지 않게 되는 셈이었다.

또 언제 어느 순간 목숨이 위험한 순간이 찾아와 보진단이 필요하게 될 상황이 닥칠지 모르는 상황.

그래서 진풍이 보진단을 선뜻 입속으로 밀어 넣지 못하고 망설일 때였다.

쐐! 쐐액!

천살귀가 형을 향해 달려들며 양손에 쥔 단검을 휘둘렀다.

형을 죽게 만들 수는 없었기에 진풍이 보진단을 막 입속으로 밀어 넣었을 때였다.

타다닷!

누군가가 신법을 펼쳐 앞으로 달려 나갔다.

'현무빈?'

챙.

채앵!

신법을 펼친 것이 현무빈이라는 것을 확인한 순간, 현무빈의 손에 들린 검이 형의 머리 위로 떨어져 내리던 두 자루의 단검을 쳐 냈다.

"맹호표국의 첫 번째 비밀 병기가 마침내 나섰군."

선만섭이 두 눈을 빛내며 꺼낸 말을 듣던 진풍이 퍼뜩 정신을 차리고 입속에 넣었던 보진단을 손바닥에 뱉어 냈다.

켁켁!

쓰디쓴 보진단의 향 때문에 진풍이 기침을 토해 내자, 선만섭이 한심하다는 듯이 바라보며 물었다.

"아우님은 뭘 하나?"

"뭘요?"

"아우님도 맹호표국의 비밀 병기가 아닌가? 나서야 하지 않겠는가?"

손바닥 위에 뱉어 냈던 보진단을 다시 목곽 속으로 집어넣은 진풍이 선만섭에게 가볍게 대구했다.

"다음에요."


"흐읍!"

관유정이 잠에서 깨자마자 인상을 썼다.

식은땀을 잔뜩 흘린 탓에 이불은 축축하게 젖어 있었고, 고뿔에 걸린 것처럼 오한이 밀려들었다.

"지독한 악몽이구나!"

머리맡에 놓여진 주전자를 들어 타는 듯한 갈증을 해결한 관유정이 고개를 절레절레 흔들었다.

평소에 꿈도 잘 꾸지 않는 편인데 간밤에는 악몽을 꾸었다.

그것도 아주 생생하게 기억날 정도로 지독한 악몽이었다.

"엄청나게 큰 돼지가 갑자기 나타나서는 날 덮쳤지. 그 돼지에게 눌려서 밤새 허우적대다가 간신히 잠에서 깼더니 잔 거 같지도 않구나."

어서 선선한 아침 공기를 접하고 싶었다.

그래서 서둘러 의복을 정돈한 관유정이 방을 나섰다.

"장주님, 기침하셨습니까?"

백일장의 관원들이 일제히 허리를 숙여서 인사를 하는 것을 듣고서야 기분이 조금 나아졌다.

'좋게 생각하자. 꿈에 돼지가 나오면 재물이 몰려오는 길몽이라고 하지 않았던가!'

관유정이 가슴에 닿아 있는 허연 수염을 손으로 쓰다듬으며 인자하게 웃었다.

가만히 생각해 보니, 오늘이 명월상단에서 인사차 보낸다고 했던 표물이 백일장에 도착하는 날이었다.

"좋구나!"

한결 기분이 나아진 관유정이 허공을 올려다보았다.

정확히 십 년 전만 해도 염왕채에 시달리던 터라 앞이 보이지 않을 정도로 암울했다.

하지만 인생의 전환점은 예상치 못한 곳에서 찾아왔다.

백화장주의 둘째 아들인 서진풍을 가르치며 엄청난 거액을 받았고, 덕분에 염왕채와의 질긴 고리를 끊고 새로운 삶을 시작할 수 있었다.

그때 워낙 큰돈을 쓴 탓에 백화장이 거의 망했다는 소식을 얼핏 듣긴 했지만, 이내 기억에서 지웠다.

"그 녀석도 무척 뚱뚱했었지!"

오래된 기억을 더듬다 보니, 불쑥 서진풍이 떠올랐다.

비정상적일 정도로 뚱뚱하던 서진풍의 모습을 기억해 낸 순간, 관유정의 얼굴에서 웃음기가 사라졌다.

부르르!

압도적으로 뚱뚱하던 서진풍과 꿈속에서 본 돼지가 겹쳐진 순간, 갑자기 신형이 사시나무처럼 떨렸다.

"그 녀석은 진즉에 죽었을 터인데!"

잠력격발술을 전수했던 서진풍은 진원진기가 손상돼서 이미 죽었을 확률이 높았다.

그래서 관유정이 애써 고개를 흔들며 외면하려 했지만, 한번 마음속에 자리 잡은 부담감은 쉬이 사라지지 않고 점점 부피를 키워 갔다.

자신의 위에 올라탄 채 짓누르던 커다란 돼지를 떠올린 순간, 관유정이 다시 신형을 부르르 떨며 혼잣말을 꺼냈다.

"왜 이렇게 불안하지?"

〈『귀환당룡』 제3권에서 계속〉

# 도서출판 뿔미디어 홈페이지 OPEN*!!*

안녕하세요.
지금껏 저희 뿔미디어를 응원해 주신
독자님들의 성원에 힘입어
이번에 새롭게 홈페이지를 오픈하였습니다.

저희 뿔미디어는 홈페이지에서 독자님들께서
보다 빠른 출간 소식과 미리보기 등
알찬 내용을 제공하기 위해 많은 노력을 기울였습니다.
또한 독자님들에게 도서 할인, 이벤트 등
다양한 혜택을 제공하고자 합니다.

저희 뿔미디어 홈페이지 오픈을 계기로
한층 더 독자님들과 가까워질 수 있는 기회가 되었으면 합니다.

보다 많은 관심과 사랑 부탁드리며,
앞으로도 더 좋은 컨텐츠 제공에 힘쓰도록 하겠습니다.

감사합니다.

-도서출판 뿔미디어 올림-

www.bbulmedia.com

BBULMEDIA

http://www.bbulmedia.com